中年陈忠实

1995年4月至5月,到美国和加拿大参观、访问和文化交流。这是访问归来的留影

20世纪90年代中期,在西安街头小摊上吃午餐

我既想了解自己的村子,也想了解原上那些稠如瓜蔓叶子的村庄,更想了解关中

2012年，何启治（右）到白鹿书院讲学，与陈忠实在书院「上林春」合影

肖像印签版

自成风景

陈忠实的文化沉思录与哲学自省书

陈忠实 著

重庆出版集团 重庆出版社

图书在版编目（CIP）数据

自成风景 / 陈忠实著． — 重庆：重庆出版社，2020.3
ISBN 978-7-229-14634-4

Ⅰ.①自… Ⅱ.①陈… Ⅲ.①随笔—作品集—中国—当代 Ⅳ.① I267.1

中国版本图书馆 CIP 数据核字 (2019) 第 257324 号

自成风景
ZICHENG FENGJING

陈忠实 著

责任编辑：陶志宏　张 蕊
策　　划：白 翎　玉 儿
责任校对：杨　婧
装帧设计：璞茜设计

重庆出版集团 出版
重庆出版社

重庆市南岸区南滨路 162 号 1 幢　邮政编码:400061　http://www.cqph.com
小渔工作室制版
天津行知印刷有限公司印刷
重庆出版集团图书发行有限公司发行
E-MAIL:fxchu@cqph.com　邮购电话:023-61520646

全国新华书店经销

开本：880mm×1230mm　1/32　印张：9　字数：227 千
2020 年 3 月第 1 版　2020 年 3 月第 1 次印刷
ISBN 978-7-229-14634-4
定价：42.00 元

如有印装质量问题，请向本集团图书发行有限公司调换:023-61520678

版权所有　侵权必究

简单，不刻意

吾乡·中国文化、民俗里的负载与共性

漕渠三月三	003
关于一条河的记忆和想象	019
为城墙洗唾	032
粘面的滑稽	034
遥远的猜想	037
孔雀该飞何处	040
乡谚一例	043
也说乡土情结	046

两个蒲城人	049
半坡猜想	052
蜗氏庄杏黄	057
麦饭	063
搅团	067
背离共性，自成风景	071
陕西学前师范学院『文道』高端学术论坛对话陈忠实	075
民间关中	084

尴尬	088
关于饥饿	092
互相拥挤，志在天空	095
惹眼的《秦之声》	103
生命的审视和哲思	108
关于皇帝	116
足球与城市	118
成熟的征象	122

寄语中国队　125

我们那两下子　127

自由，多创新

他乡·记录外国文化的自成风景与沉思

北桥，北桥 133

口红与坦克 140

贞节带与斗兽场 144

细腻了的英国人 151

那边的世界静悄悄 157

感受文盲 163

地铁口脚步爆响的声浪 168

林中那块阳光明媚的草地 174

访泰日记 183

简单,
不刻意

吾乡
中国文化、民俗里的负载与共性

漕渠三月三

一

从京城来的三位电视记者向我提出，要拍陕西地方戏秦腔演出的盛况，还想拍关中民间的文化娱乐方式。我真有点犯难了，据我所知，秦腔作为西北五省尤其是陕西关中地区的名牌大戏种，至少在十年前就已经退出了西安各家剧院的舞台，包括一些大腕级的名角也都流落到适时而兴的"秦腔茶社"里去被尚有秦腔戏瘾的人点唱，原先几乎每个县都有的秦腔剧团的演员们也都流散了，说来真是令人伤感的。如我一样还喜欢听听秦腔旋律品品秦腔韵味儿的人，要想在西安某家剧院看一场名家大腕的演出，还是很难觅到机会的。至于民间的文化活动，他们三位来得也不是时候，清明都过了，民间文化娱乐集中展示的春节的气氛，早已冷却了，农民们已经从春节的欢乐和慵怡中清醒过来，进入田野进入果园开始新的一年的劳作了。然而三位远道而来的记者仍不死心，让我再想想办法，再三申述作为这个专题片的地方文化氛围和土壤是不可或缺的。

真是天无绝人之路。区文化馆一位搞摄影的朋友不经意间告诉我，渭河岸边的漕渠村农历三月三日适逢古庙会，有秦腔剧团的演出，有当地青年男女的秧歌表演，有邻近几个村庄的锣鼓队凑兴。遗憾的是高跷被取消了，据说出于安全的考虑，怕人群过于拥挤而摔伤了表演的人。三位北京来的年轻记者闻讯竟欢呼起来，真是应了"起得早不如赶得巧"的俗话。这样一来，关于秦腔演出和地方文化娱乐特色的东西便全部都可以得手了。

三月三日一早，我便陪三位年轻人上路了。我所存活的白鹿原下的灞河川道，其实只是渭河平原的边缘地带，南岸是古原的北坡，北岸是骊山南麓纵横起伏的丘陵或者说山岭，中间蜿蜒着以柳色愉悦缠绵过古代离人的灞河。车行不过十余公里，便驶出虽然原青岭秀却也显得狭窄的河川，进入坦荡如砥气势恢宏的渭河平原了。那情景如同从一个细杆喇叭里钻出来，进入一个四野再无遮拦的令人舒展也令人惊悸的开阔境地。这是我跟着班主任到灞桥赶考初中第一次走出灞河河川时发生的感受。这种纯粹由地理地形造成的心理感受，一直延续到今天重复到现在。每一次走出家乡灞河川道时都像钻出喇叭细杆儿，每一次回乡也就有从敞开的喇叭口里钻进细杆的感觉。我喜欢走出那个细杆儿似的河川享受无边原野的气度和舒展，也更喜欢重新进入那个狭窄的灞河河川感受南原北岭动态的生动和变幻莫测的气象，甚至包括那一份狭窄造成的拘束。钻进来拘束一段时日，钻出去舒展畅放一回，我的心理秩序和心理感受便处于某种动态的颠簸里，自我感觉真是好极了。

无边无际的麦子刚刚努出穗儿来。满眼都是饱满丰腴的青春的绿色，成熟的含羞带娇的女子就是这种气韵。笼罩着村庄的泡桐织成一片又一片淡紫粉红的花云。天虽然阴沉着，依然罩不住大地青春的气象。

我要到漕渠村去赶三月三日的庙会了。我的心里竟然激动起来了。我已经有许多年没有进入这种关中农民狂欢的庙会场合了。我在少小时候接受过狂欢的场景留下难以磨灭的记忆。现在的乡村庙会与我过去逛过的庙会的气氛会有什么变化吗？淡了还是浓了？三位京城来的年轻的文化人，至少怀着一种猎奇的兴奋，在我则是对一种古老仪式的温习和膜拜。大约还有一公里的路程，我听到了一声火铳的震响，像是远天云层里奔突的沉闷而又撼人心腑的雷声。火铳是一种最具声威最具张力的爆响器，它蕴聚鞭炮家族炸响时的热烈之外，便是深沉如地出的震撼。这应该是民间庆典或狂欢场合里最具煽动性的响器了。即使极阴郁寡淡的人，也会在火铳的爆响里昂起头来。

二

庙会是漕渠村的庙会。

漕渠村在一道浅坡下。漕渠村是个大村子，自古就是一个大村子。村里有一座古庙，供奉着佛家的一位神灵，何年建庙何年立神已经无考，所有关于庙堂的文字典籍，以及庙堂内栩栩如生的神像、精美的壁画和梁栋上的彩绘，都被后来屡屡发生的一次火过一次的"革命行动"扫荡净尽了，后来连三月三日的古庙会日也被禁止了多年。古庙能够存留下来是一个奇迹，说穿了却属无意，仅仅是贫穷的生产队需要用它做库房而没有被摧毁。有形的东西破坏或消灭十分容易，只有无形的传说却能依赖当地人的嘴巴流传下来。可以推断的是，三月三日的庙会是建庙之初就择定了的，庙会的历史也就是古庙的历史，同样是悠久古远得不能再古远悠久了。还可以推断的是，建庙立神的最基本的也是最原始的用意，便是崇拜，或者说是寻求和平安宁所需要的一个祈祷偶像。于是，在渭河南岸广阔的沃野和星罗棋布的大小村庄之中，便形成了以这个古庙为中心的朝拜圣地，三月三日便成为十里百村乡民寄托祈愿和狂欢的盛日。

漕渠村村庄的历史肯定比古庙的历史更为久远，这是常识而毋庸置疑的。一个漕字已注释了这个村子令人敬畏的历史。西汉王朝设都长安，为解决急骤繁荣急骤膨胀的城市吃粮问题，开凿了黄河、灞河、渭河连通长安城的一条可以浮船运粮的运河。关中人却称它为渠，可见当地人的自大和狂妄了。为了逛好漕渠村的古庙会，我专意儿查阅了《辞海》。漕渠词条下准确无虞地注释着这样的内容——

汉唐时自长安（今西安市）东至黄河的运渠。创始于西汉元光六年（公元前129年），在大司农郑当时主持下，发卒数万人，由水工徐伯督率开凿。渠傍南山（秦岭）下，长三百余里，三年而成，漕运大便，渠下民田亦颇得灌溉之利。初以灞水为源，其后凿昆明池，又穿昆明渠使东绝灞水合于漕渠。东汉时尚可通航。北魏时已无水。隋开皇初改自长安西北引渭水为源，浚复旧渠通运，定名广通渠，但习俗仍称漕渠。唐时通时塞。天宝初陕郡太守韦坚、太和初咸阳令韩辽两度修复，壅渭水作兴成堰，傍渭东注至永丰仓（即隋开皇中广通仓，仁寿末改名）下合渭入河，规制略如隋旧。末年迁都洛阳，渠遂堙废。

哦哟！这个漕渠村的历史至少可以前推到公元前129年西汉元光年间。甚至可以设想元光年间开凿漕渠之前这个村子就存在不知多少年了。现在仍保存着这个村庄的子孙们用嘴传留下来的当年的盛况，西汉初年漕渠开凿始成，除了为长安城运输粮食，包括渠下村民农田的灌溉，更有各种商船通过漕渠进出长安，漕渠村当时已形成一个周转码头，南北商贾，车船互转，客店饭馆买卖铺店，成一时之盛，漕渠村成为渭河南北广大地区的一大商埠。而古庙肯定在几百年后才形成心灵祈祷的圣地，有佛教进入中国的时间限定出来一个大致的历史轮廓。

我在即将进入漕渠村的时候，感到了这个村庄古远的历史对人的威压。如果不是《辞海》作证和指点迷津，纵然在这个村子的古庙会逛过十回，我也只会以为不过是一个普普通通的庙会而已，关中乡村类似的古庙会多不胜逛。从《辞海》的词条里可以看出，漕渠的开凿便形成漕渠村水陆码头的繁荣，而败毁于王朝灭亡之后的乱世；漕渠的再度浚通和漕渠村的重新繁华，又是隋和盛唐的时代，埋废的结局正好是大唐王朝的没落。这条漕渠的兴衰简史，正好注释了从西汉至唐的中国历史的起落，自然可以想见如漕渠村的乡民的饥饱寒暖了。哦！我的关中，我的渭河平原，单是保存有2000多年的漕渠村这个村名，就够我咀嚼不尽了。我家门前的灞水，曾经是漕渠初开时的水源，我在敬畏的同时，顿然又有了一种沟通历史沟通地域的亲近感。

漕渠村倚靠着的南面的那道浅坡，亦因漕渠而得名为漕渠坡，一道虽然低浅却声名远播的坡。狭义的漕渠村单指这个自然村，而泛义的漕渠村则指漕渠坡下的大围墙村、小围墙村、宋家村、陈家村、王家堡、米家堡、田鲍堡、陶家村、万盛堡、宋家滩等十数个大小村堡，散落在渭河南岸的平原上，绵延十余里，通称十里漕渠。站在漕渠坡头远眺起来，以稠密的村树和村树的绿叶笼罩下的房脊和屋墙组成的村庄，依次渐远，或大或小，坐落在绿色苍郁的麦田之中。我忽然想起，前年曾在临近入渭的灞河河道里，掏沙取石的农民挖出来一条大船的遗骸，距离漕渠村不过十余里，又是怎样令人顿生想象的一条谜一样的古船啊！

一位做豆腐买卖的中年农民笑嘻嘻地告诉我："下了漕渠坡，尽是豆腐锅。"这儿盛产豆腐。漕渠坡下的豆腐远近闻名。据说这儿做成的豆腐烧了烩了不仅不烂,而且鲜嫩异香,做成臊子,浇到面条里,豆腐飘浮在上而不沉底。更具商家利益的是,同样10公斤黄豆在别处通常只能做出20公斤豆腐,在漕渠村却能产出30公斤,甚至35公斤。这个额外的利润,对于那些常年经营豆腐生意的豆腐客(主户)来说,是"天赐良水"令其窃自得意的幸事。除去公社化时代的极左政策施虐造成的萧条不计,漕渠坡下无以数计的豆腐作坊自古至今生意兴隆,现在更是许多农户赖以挣钱过日子的把稳的门路。豆腐客戏言:汉家爷江山败了,唐家爷江山也败了,爷们感念修漕渠占了农人的田地,再没啥可补偿了,就赐给咱漕渠人一井好水,让咱做豆腐过日子……爷们还是有良心的。云云。

我顿然失笑了。顿然从悠远的极富想象的漕渠村的历史烟云里清醒过来。顿然抖落了不无酸渍气味的幽思。顿然轻松地接受了这恩赐给豆腐客们的一眼好井……

三

农历三月三日逢着庙会的漕渠村,展示着一个纯粹属于农民的世界。

漕渠村的正街和各条小巷,现在都拥挤着农民。南北走向的公路与通往漕渠村的大路正好构成一个"丁"字,从公路的南面和北面,骑车的步行的男人女人源源不断涌入漕渠村。绝大多数尤其是中年以上的农民,几乎没有任何修饰,与拥挤着的同类在街巷里拥挤。在这里,没有谁会在乎衣服上的泥巴和皱褶,没有谁会讥笑一个中老年人脸上的皱纹蓬乱的头发和荒芜的胡须。女人们总是要讲究一些的,中老年女人大都换上了一身说不上时髦却干净熨帖的衣裤。偶尔可见描了眉涂了唇甚至在黑发上染出几绺黄发的女孩子,尽管努力模仿城市新潮女孩的妆饰打扮,结果仍然让人觉得还是乡村女孩。无论男人或女人,无论年龄长者或年轻后生,无论修饰打扮过或不修边幅的,他们都很兴奋,又都很从容自信,在属于他们的这个世界里,丝毫也看不到他们进入城市在霓虹灯下在红地毯上在笔挺的西装革履面前的拘束和窘迫。他们如鱼得水。他们坦荡自在。他们构成他们自己的世界。

我在这条长长的街道里和支支岔岔的小巷里随着拥挤的人流漫步。我的整个身心都在感受着这种场合里曾经十分熟悉而毕竟有点陌生了的气氛。这种由纯粹的农民汇聚起来的庞大的人群所产生出来的无形的气氛和气场,我可以联想到波澜不兴却在涌动着的大海。我自然联想到我的父辈和爷辈就是构成这个世界的一员或一族。我向来不羞于我来自这个世界属于这个世界壮大于这个世界,说透了就是吮吸着这个世界的气氛感应着这个世界的气场生长的一族。我现在混杂在他们之中,和他们一起在漕渠村的大街小巷里拥挤,尽管我的穿着比他们中的同龄人稍微齐整一点,这个气场对我的浸淫和我本能似的融入，引发了我心里深深的激动。这一刻，我便不由自主地自我把脉，我其实还是最容易在这个世界的气场里引发心灵悸颤的。

村街两边摆着小饭摊、农具、种子、铁器、服装、搪瓷和塑料厨具餐具，以及不可或缺的老鼠药，举凡农民生产生活所需用的一切东西，现在都摆置在村街两边供农民选购。最令我动心的是那些传统小吃摊子，仍然保存着在我少不更事时见到过的那种老式饸饹担子，几乎原样未改地摆在这里或那里。摊主抓起一把紫红色的饸饹，在案板上反复弹着，抛进敞口浅底的花边瓷碗里，用小勺挖盐用木勺撩醋用小木板挑辣椒的动作像是一种舞蹈。我小时候跟随大人去庙会的最重要的目的，就是坐在矮条凳上接过摊主送过来的那一碗饸饹。更奢侈一点儿，还会有临近摊位的油锅上递过来一个油饼或油糕，久久盼望赶庙会的全部目的就在这时实现了。现在，饸饹摊子和油锅前，男人和女人随意地在小条凳上坐下去，包括他们牵引着的男孩和女孩，接过饸饹或油饼油糕，吃罢了抹了嘴就又掺和到人流里去了。我的根深蒂固的关于吃饸饹的记忆就是这种形式。我后来在一些饭店的豪华餐桌上也吃到这种被学者研究出可以防癌可以降血压的所谓绿色食品，却总是尝不出庙会上摊子主人舞蹈似的动作之后的那种香味，更不必说那高得吓人的价码了。

我敢说，坐在这个摊子前品尝的男人或女人，如果他们知道自己掏六七毛钱就可以享到的口福，城里人在大饭店却要花几乎一斗麦子的钱才能吃到一碗,准会嘲笑发了财的城里人傻得不会花钱了。

秧歌队扭过来了。这是经过费心操练的一支颇为壮观的秧歌队伍。纯一色的农家姑娘农家媳妇,还有一些堪称大娘辈儿的农家女人,一律的红绸衫绿绸裤,一律的粉红色剪花别在右耳上方的黑发里,手里舞着一律的大红绸扇子,一律的弓前殿后左扭右摆的舞步,一律的优雅,从村子中间的大街里自西向东扭过来。她们可能刚刚放下锄头或给猪呀鸡呀添过食料,换上这一身艳丽的服装就结队扭起来了。她们的公婆她们的丈夫(或未婚夫)她们的孩子,此刻就拥挤在街巷两边的人群里看她们舞蹈。她们同样具有强烈的展示自己表现自己的欲望。她们或欢欣或自信或妖媚或沉稳或娇羞的眉眼里,都透见出这种展示自己风姿的欲望。

秦腔戏的戏台搭在村庄背后的一片空地上。我是循着乐队的响声拐进小巷寻到这里的。一个用木头搭建的戏台,横额上标明长安县剧团。我一眼便可看出来,台上正在演唱着的是《铡美案》中的"杀庙"一场。这是这部堪称秦腔经典剧目中最为惊心动魄的一幕,从戏剧艺术上来看也应是最为精彩的一章。一个被主子差遣来杀人的差官韩琦,一个怀着满腹委屈的乡村女人和她的一双儿女,两个人的冲突两个人的命运在一座小小的庙堂里展示得淋漓尽致波澜起伏,堪称戏剧创作上的绝妙一笔。我曾经无数次地看过这部戏剧,尤其喜欢这精彩绝伦的一折。我在小小年纪初看这部戏时,大约也就只看懂了这部戏的这一折,仅只是剧情而言。从剧情的发展和剧中多个人物的命运的转化来看,"杀庙"这一折正好是这部戏的关捩。我早已从这部戏的情感里跳了出来,而进入一种艺术创造和艺术表演的欣赏中了。

台下几乎是纯一色的中老年农民。台前的人坐在自带的小凳上,两边和后边的人站立着,几乎全都是上了年岁的人。清脆的梆子声紧密的扁鼓声从响亮的板胡缠绵的二胡声中跳蹦而出,敲击着在台下看戏的农民的耳膜和胸膛。他们自小就接受这种乐曲曲调的敲击。他们乐于接受这种时而强烈时而委婉时而铿锵时而绵软的旋律的抚慰。他们并不太在乎是否完全听明白了那些唱词。我也习惯于接受这种旋律的敲击和抚慰。我也不太在乎是否完全听清楚了那些唱词,主要的是接受这种旋律的敲击和抚慰。

下雨了。一把一把五颜六色的伞撑开来,在短暂的一阵骚动后,很快又平静下来。我此刻才发现与我同行的三位北京来的记者正跳上戏台的左角,支起摄像机的三角架,随之就把镜头对准了正处在杀人与自杀两难中的"韩琦",又把镜头调整过来对着台下的农民观众。

我在来去戏场的路上看到了两顶就地搭起的巨大的帆布帐篷,离地大约一尺透着空当。有小孩子趴在地上往里边窥视。我问一位男孩看见了什么。男孩嘻嘻笑着说,光腿。从那个全封闭的神秘的帐篷里传出震人的音乐,偶尔发出一两声女子的尖叫。帐篷开口处坐着一位男青年用电喇叭做着广告，招徕诱惑围观的男女进去观赏，语言像是刀刃上的游鱼。不时有人花一块钱买票入场，几乎是纯一色的男青年。一位站在门外的小伙子和一位刚刚走出帐篷的小伙子搭话：

"里头弄啥哩？"

"跳舞哩。"

"跳啥舞哩？"

"扭尻子舞。"

"穿没穿衣裳？"

"穿着哩。"

"穿的啥衣裳？"

"不好说。"

"这有啥不好说的？"

"你进去看看就知道了。"

"我不知值不值得花一块钱。"

……

搞不清这些就地支帐票价一元的演出团队来自哪里，只是可以肯定绝不是渭河岸边的人。谁家的女子要是在那神秘的帐篷里跳光腿舞，可能不需半天就臭名远扬难寻婆家了，谁家的老少都要被指指戳戳闲言碎语了。这些演出团体游牧一样流动在乡村里的集镇上，逢着某村的庙会更是赚钱的最好时机。他们和古老的秦腔对台。他们在乡村里传播什么冲击什么，他们一般是不会从"意义"上考虑的，只是更多地争取那一元钱的门票所包含的利益。愿意花一元钱进帐篷去的乡村青年，自然是为了看看扭尻子舞蹈以及除他们的媳妇之外的女人的光腿。应该说与城市里富丽堂皇超级豪华的歌舞厅里的看客们的原始目的并无二致，只是演出的水准和票价相差太远了。

四

现在该去听锣鼓了。锣鼓队在村委会门口摆开着架势。这是一支远路而来的锣鼓队，按习俗的说法是前来送香火的。送香火的锣鼓队的多少，成为某个庙会盛大景况的重要标志。龙旗前导，锣鼓敲打，响炮放铳，最具声望的老者端着装满紫香黄裱的木盘，浩浩荡荡又肃穆端恭地一路走去，把香火送进庙门，跪拜，点蜡，上香，焚烧黄裱，再叩头。庙门外的广场上，常常摆开十余家从各个村子赶来送香火的锣鼓队，对着敲，看看谁家能把逛会的人吸引过去的最多，自然是优胜的标志了。这是新中国成立前后的盛景，我留下这样的印记是无法淡漠的。现在的漕渠村庙会上，只有两家锣鼓队。我觉得悦耳好听的这一家占据着村委会门前绝好的地盘。一位两腮凹进牙槽的精瘦老头儿握着鼓槌儿，眼睛上扣着一副茶色石头镜子，这是我印象中最深刻的那种既富于灵性而又有点倔强执拗的老头儿形象了。他不看任何人，也用不着看鼓面儿，微微偏着头发稀疏亮着红光的脑袋，两手两把溜光的木质鼓槌儿，在米黄色的牛皮鼓面儿上敲出风摆乱花一样的鼓点儿。鼓是锣鼓队的指挥和灵魂。铜钹和大小铜锣在鼓点儿的指挥下变换着交响着，一个好的鼓手常常成为一方地域里受人钦敬的名人。

这样的锣鼓队现代被命名为"长安锣鼓"。流行在秦岭北边渭河平原的锣鼓曲谱源自唐代，被现在的一些搞民间文化的音乐工作者发掘整理出来，颇多抢救国宝的意味。在我的印象里，整个关中稍微像样的村庄都有一支锣鼓队，诸如我的生地蒋村新中国成立时不过30余户的小村子，同样有一套锣鼓响器，这是整个村子在合作化以前唯一的公有财产，靠一家一户捐赠的粮食置备起来的。每到逢年过节，村里的锣鼓队就造起声势来，把整个村庄都震动起来颠簸起来，热烈的锣鼓声灌进每一座或堂皇或破旧的屋院，把一年的劳累和忧愁都抖落到气势磅礴震天撼地热烈欢快的锣鼓声中了。可以肯定的是，乡村锣鼓这种民间音乐，是我平生里接受的第一支旋律。岂止是我，在那个时代生活过的乡村人，出生后焐在火炕被窝里的第一个春节到来时，就被这种强烈震撼的锣鼓声震得在被窝里哭叫起来，锣鼓的敲击声响从此就注入血液。

现在在漕渠村村委会门前演出的这支锣鼓队，是一支真正的民间锣鼓队，除那位显示着执拗自信的鼓手老头儿，还有四五个抓着脸盆一样大小的铜钹（当地俗称家伙），五六个左手手指上挂着碗口大的铜锣右手执着短粗锣槌儿的青壮年农民。令我遗憾的是，这支精当的锣鼓队里缺少至少两三个敲那种比蛋糕稍大一点的铜锣的角色。缺少小铜锣而突出了大铜锣，显然是一支以瓷硬为风格的锣鼓队，而那种以大小铜锣为主体的锣鼓队的风格被称为"酥"。酥在演出风格上的突出特点是细述婉转。然而这个缺少了小铜锣作点缀作调节的锣鼓队，敲出一曲又一曲传统的也许真是自唐代流传下来的锣鼓曲调。这样原始的曲调在我尚未识字之前就听过许多回了，时而如瀑布自天覆倾而下，时而如清溪般流淌；时而如密不透矢的暴风骤雨，时而如疏林秀风；时而如洪流激浪一泻千里，时而如蜻蜓点水微风拂柳。在这样急骤转换的奏鸣里，我的心时而被颠得狂跳，时而又被抚慰，锣鼓的声浪像一只魔女妖精的手，把人撩拨得神魂激荡而又迷离沉醉。我又一次验证了自己关于乡村锣鼓的记忆和感受，依然保持着那份敏感那份融洽而没有隔膜和冷漠。也许应该是我的生命之乐。

我沉浸在锣鼓声中。这一帮由老汉壮年和青年组成的锣鼓队，没有化妆没有统一服饰，也没有由专业乐界行家导演训练出来的统一动作和表情，他们敲到得意时，有的咬牙有的瞪眼有的摇头晃脑，各见性情。常常使我产生错觉，把他们的脸孔和我儿时印象中的我村的某个人重叠起来混淆起来。

我沉浸其中，我已经多年没有接受这种生命之乐的冲撞和震颤了。人的五脏六腑也许需要这种纯属民间的乐器来一番冲撞和洗涮的。无论如何，在民间锣鼓的乐曲里，我心中沉积着的污泥和浊水,顿然扫荡清除了,获得的是清爽和轻松,好继续上路。

我还会再去寻求这种纯粹民间的锣鼓,为生命壮行。

关于一条河的记忆和想象

在我写过的或长或短的小说、散文中，记不清有多少回写到过这条河，就是从我家门前自东向西倒流着的灞河。或着意重笔描绘，或者不经意间随笔捎带提及，虽然不无我的情感渗透，着力点还是把握在作品人物彼时彼境的心理情绪状态之中，尤其是小说。散文里提到这条河，自然就是个人情感的直接投注和舒展了，多是河川里四时景致的转换和变化，还有系结在沙滩上杨柳下的记忆，无疑都是最易于触发颤动的最敏感的神经。然而，直到今年3月1日，即农历二月二的龙抬头日，我站在几万乡民祭祀华胥氏始祖的祭坛上的那一刻，心里瞬间突显出灞河这条河来，也从我已往的关于这条河的点滴描述的文字里摆脱出来；我才发现这条河远远不止我的浮光掠影的文字景象，更不止我短暂生命里的砂金碎花类的记忆。是的，我站在孟家崖村的华胥氏始祖的祭台上，心里浮出来的却是距此不过三里路的灞河。

锣鼓喧天。几家锣鼓班子是周边几个规模较大的村子摆下的阵势，这是秦地关中传统的表示重大庆祝活动的标志性声响，也鼓着呈显高低的锣鼓擂台的暗劲儿。岭上和河川的乡民，大约4万余众，汇集到华胥镇上来了。西安城里的人也闻讯赶来凑热闹了，他们比较讲究的乃至时髦的服饰和耀眼的口红，在普遍尚顾不得装饰自己的乡村民众的漩涡里浮沉。前日刚刚下过一场大雪。北边的岭和南边的原坡，都覆盖着白茫茫的雪，河川果园和麦田里的雪已经消融得点点斑斑。乡村土路整个都是泥泞。祭坛前的麦田被踩踏得翻了浆。巨大的不可抑制的兴奋感洋溢在男男女女老老少少的脸上，昨天以前的生活里的艰难和忧愁和烦恼全部都抛开了，把兴奋稀奇和欢悦呈现给擦肩挤胯而过的陌生的同类。他们肯定搞不清史学家们从浩瀚的故纸堆里翻拣出来的这位华夏始祖老奶奶的身世，却怀着坚定不移的兴致来到这个祭坛下的土前投注一回虔诚的注目礼。

华胥镇。以华胥氏命名的镇。距现存的华胥遗址所在地孟家崖村不过一里，这个古老的小镇自然最有资格以华胥氏命名了。这个镇原名油坊镇，亦称油坊街，推想当是因为一家颇具规模的榨油作坊而得名。然而，在我的印象里，连那家榨油作坊的遗迹都未见过。这个镇紧挨着灞河北岸，我祖居的村子也紧系在灞河南岸，隔河可以听见鸡鸣狗叫打架骂仗的高腔锐响。我上学以前就跟着父亲到镇上去逛集，那应是我记忆里最初的关于繁华的印象。短短一条街道，固定的商店有杂货铺、文具店、铁匠铺、理发店，多是两三个人的规模，逢到集日，川原岭坡的乡民挑着推着粮食、木柴和时令水果，牵着拉着牛羊猪鸡来交易，市声嗡响，生动而热闹。我是从1953年到1955年在这个镇的高级小学里完成了小学高年级教育，至今依然保存着最鲜活的记忆。我在这里第一次摸了也打了篮球。我曾经因耍小性子伤了非常喜欢我的一位算术老师的心。因为灞河一年三季常常涨水，虽然离校不过二里地，我只好搭灶住宿，睡在教室里的木楼上，半夜被尿憋醒跑下木楼楼梯，在教室房檐下流过的小水渠尿尿，早晨起来又蹲在小水渠边撩水洗脸，住宿的同学撩着水也嘻嘻哈哈着。这条水渠从后围墙下引进来，绕流过半边校园，从大门底下石砌的暗道流到街道里去了。我们班上有孟家崖村子的同学，似乎没有说过华胥氏祖奶奶的传说，却说过不远处的小小的娲氏庄，就是女娲"抟土造人"的神话发生的地方。我和同学在晚饭后跑到娲氏庄，寻找女娲抟泥和炼石的遗痕，颇觉失望，不过是别无差异的一道道土崖和一堆堆黄土而已。50多年后的2006年的农历二月二日，我站在少年时期曾经追寻过女娲神话发生的地方，与几万乡民一起祭奠女娲的母亲华胥氏，真实地感知到一个民族悠远、神秘而又浪漫的神话和我如此贴近。我自小生活在诞生这个神话的灞河岸边，却从来没有在意过，更没有当过真。年过六旬的我面对祭坛插上一炷紫香弯腰三鞠躬的这一瞬，我当真了，当真信下这个神话了，也认下8000年前的这位民族始祖华胥氏老奶奶了。

在蓄久成潮的文化寻根热里，几位学者不辞辛苦劳顿溯源寻根，寻到我的家乡灞河岸边的孟家崖和娲氏庄，找到了民族始祖奶奶华胥氏陵。

历史是以文字和口头传说保存其记忆的。相对而言，后人总是以文字确定记忆里的史实，而不在乎民间口头的传闻；民间传说似乎向来也不在意史家完全蔑视的口吻和眼神，依然故我津津有味地延续着自己的传说。这里发生了一件有趣的事，史家的文字记载和民间的口头记忆达成默契，互相认可也互相尊重，就是发生在灞河岸边创立过华胥国的华胥氏的神话。

这点小小的却令我颇为兴奋的发现，得之于学者们从文史典籍里钩沉出来的文字资料鉴证的事实。华胥氏生活的时代称为史前文化，有文化却没有文字。没有文字，反而给神话传说的创造提供了无限的空间。等到这个民族创造出方块汉字来，距华胥氏已经过去了大约5000年，大大小小的"史圣司马迁们"，只能把传说当作史实写进他们的著作。面对学者们从浩瀚的史料典籍里翻拣钩沉的史料，我无意也无能力考证结论，只想梳理出一个粗略的脉系轮廓，搞明白我的灞河川道8000年前曾经是怎样一个让号称作家的我羞死的想象里的神话世界。

据《山海经·海内东经》说："华胥履大人迹，于雷泽而生伏羲。"据《春秋世谱》说："华胥氏生男名伏羲，生女为女娲。"在《竹书纪年·前篇》里的记载不仅详细，而且有魔幻小说类的情节："太昊之母，居于华胥之渚，履巨人之迹，意有所动，虹且绕之，因而始娠。"华胥氏在灞河边上，无意间踩踏了一位巨人留下的脚印，似乎生命和意识里感受到某种撞击，那一美妙时刻，天空有彩虹缭绕，便受孕了，便生出伏羲和女娲两兄妹来。

据史圣司马迁《史记·五帝本纪》说，华胥氏生伏羲女娲，伏羲女娲生少典，少典生炎帝和黄帝。这样，司马迁就把这个民族最早的家庭谱系摆列得清晰而又确切。按照这个族系家谱，炎帝和黄帝当属华胥氏的嫡传曾孙，该叫华胥氏为曾祖奶奶了。被尊为"人文初祖"的轩辕黄帝，埋葬于渭北高原的桥山，望不尽的森森柏树迷弥着悠远和庄严，历朝历代的官家和民间年年都在祭拜，近年间祭祀的规模更趋隆重更趋热烈，洋溢着盛世祥和的气象。炎帝在湖南和陕西宝鸡两地均有祭奠活动，虽是近年间的事，比不得黄帝祭祀的悠久和规模，却也一年盖过一年的隆重而庄严。作为黄帝炎帝的曾祖母的华胥氏，直到今年才有了当地政府(蓝田县)和民间文化团体联手举办的祭祀活动，首先让我这个生长在华胥古国的后人感到安慰和自豪了，认下这位始祖奶奶了。

我很自然地追问，华胥氏无意间踩踏巨人的脚印而受孕，才有伏羲女娲以至炎黄二帝,那么华胥氏从何而来?古人显然不会把这种简单的漏洞留给后人。《拾遗记》里说得很确凿,"华胥是九河神女",而且列出了九条河流的名称。这九条河流的名称已无现实对应,具体方位更无从考据和确定。既是"九河神女",自然就属于不必认真也无须考究的神话而已。然而,《列子·黄帝篇》里记述了黄帝梦游华胥国的生动图景:"其国无帅长,自然而已,其民无嗜欲,自然而已。不知乐生,不知恶死,故无天殇。不知亲己,不知疏物,故无所爱憎。不知背逆,不知向顺,故无利害。都无所爱惜,都无所畏忌。入水不溺,入火不热,斫挞无伤痛,指摘无痛痒。乘空如履实,寝虚若处床。云雾不碍其视,雷霆不乱其听,美恶不滑其心,山谷不踬其前,神行而已。"这是一种怎样美好的社会形态啊!其美好的程度远远超出了几千年后的现代人的想象。黄帝梦游过的华胥国的美好形态,甚至超过了世界上的穷人想象里的乌托邦的美妙图景。华胥氏创造的华胥国里的生活景象和生活形态,不是人间仙境,而是仙境里的人间。这样的人间,截至现在,在世界的或大或小的一方,哪怕一个小小的角落,都还没有出现过。黄帝的这个梦,无疑是他理想中要构建的社会图像。然而要认真考究这个梦的真实性,就茫然了。我想没有谁会与几千年前的一个传说里的神话较真,自然都会以一种轻松的欣赏心情看取这个梦里的仙境人间,我却无端地联想到半坡遗址。

黄帝梦游过的华胥氏创建的令人神往的华胥国,即今日举行华胥氏祭祀盛会的灞河岸边的华胥镇这一带地域。由此沿灞河顺流而下往西不过20里，就是中国第一座史前遗址博物馆——西安半坡遗址博物馆。这是黄河流域一个典型而又完整的母系氏族公社时期的遗址。有聚居的村落，有用泥块和木椽搭建的房子，房子里有火道和火炕，这种火炕至今还在我的家乡的乡民的屋子里继续使用着。我落生到这个世界的头一个冬天就享受着火炕的温热，直到20世纪80年代初用电热褥取代了火炕。半坡人制作的鱼钩和鱼叉相当精细，竟然有防止上钩和被叉住的鱼逃脱的倒钩。他们已经会编席，也会织布，这应该是中国最早的编织品，编和织的技术是他们最先创造发明出来的。他们毫无疑义又是中国制陶业的开山鼻祖，那些红色、灰色和黑色的钵、盆、碗、壶、瓮、罐和瓶的内里和陶盖上单色或彩绘着的张着大嘴的鱼、跳跃着的鹿，令我叹为观止。任你撒开想象的缰绳张开想象的翅膀，想象6000多年前聚集在白鹿原西坡根下河岸边的这一群男女劳动生产和艺术创造的生活图景。他们肯定有一位睿智而又无私的伟大的女性作为首领，在这方水草丛林茂盛，飞禽走兽鱼蚌稠密的丰腴之地，进行着人类最初的文明创造。这位伟大的女性可是华胥氏？半坡村可是华胥国？或者说华胥氏是许多个华胥国半坡村里无以数计的女性首领之中最杰出的一位？或者说是在这个那个诸多的半坡村伟大女性首领基础上神话创造的一个典型？

这是一个充满迷幻魔幻和神话的时期。半坡遗址发掘出土的一只红色陶盆内侧，彩绘着一幅人面鱼纹图案，大约是魔幻现实主义的创始之作，把人脸和鱼纹组合在一幅图画上，比拉美魔幻小说里人和甲虫互变的想象早过6000多年，现在还有谁再把人变成狗的细节写出来或画出来，就只能令当代读者和看客徒叹现代人的艺术想象力萎缩枯竭得不成样子了。我倒是从那幅人面鱼纹彩绘图画里，联想到伏羲和女娲。华胥氏无意踩踏巨人脚印受孕所生的这一子一女，史书典籍上用"蛇身人首"来描述。"蛇身人首"和"人面鱼纹"有无联系？前者是神话创造，后者却是半坡人的艺术创作。我在赞叹具备"人面鱼纹"这样非凡想象活力的半坡人的同时，类推到距半坡不过20里的华胥国的伏羲女娲的"蛇身人首"的神话，就觉得十分自然也十分合情理了。浐河是灞河的一条较大的支流，灞河从秦岭山里涌出，自东向西沿着北岭和南原（白鹿原）之间的川道进入关中投入渭河，不过200多里，浐河自秦岭发源由南向北，在古人折柳送别的灞桥西边投入灞河。我便大胆设想，在灞河和浐河流经的这一方地域，有多少个先民聚集着的半坡村，无非是没有完整保存下来或未被发现而已，半坡遗址也是在20世纪50年代初兴建纺织厂挖掘地基时偶然发现的。华胥国其实就是又一个半坡村，就在我家门前灞河对岸二里远的地盘上，也许这华胥国把我的祖宗生活的白鹿原北坡下的这方宝地也包括在内。据史家推算，华胥氏的华胥国距今8000多年，半坡村遗址距今6000多年，均属人类发展漫长历程中的同一时期。神话和魔幻弥漫着整个这个漫长的时期，以至5000年前的我们的始祖轩辕黄帝，也梦牵魂绕出那样一方仙境里的人间——曾祖母华胥氏创造的华胥国。

告别华胥氏陵祭坛，在依然热烈依然震天撼地的锣鼓声响里，我陡增起对祭坛前这条河的依恋，便沿着灞河北岸平整的国道溯流而上。大雪昨日骤降骤晴。灿烂的丙戌年二月二龙抬头日的阳光如此鼓荡人的情怀。天空一碧如洗。河南岸横列着的白鹿原的北坡上的大大小小的沟壑，蒙着一层厚厚的柔情的雪。坡上的洼地和平台上，隐现着新修的房屋白色或棕色的瓷片，还有老式建筑灰色瓦片的房脊。公路两边的果园和麦地，积雪已融化出残破的景象，麦苗从融雪的土地里露出令人心颤的嫩绿。柳树最敏感春的气息，垂吊的丝条已经绣结着米黄的叶芽了。我竟然追到蓝田猿人的发现地——公王岭——来了。

这是一阶既不雄阔也不高迈的岭地，紧依着挺拔雄浑的秦岭脚下，一个一个岭包曲线柔缓。灞河从公王岭的坡根下流过，河面很窄，冬季里水量很小，看去不过像条小溪。就是这个依贴着秦岭绕流着灞水的名不见经传的公王岭，一日之间，叫响了整个中国，乃至世界，进入中学历史课本，把公王岭发现的蓝田猿人注入一代又一代人的常识性记忆。这是在中国迄今发现最早的人类化石遗存，刚刚从猿蜕变进化到可以称作人的蓝田猿人，距今大约115万年。

这个蓝田猿人化石的发现，带有很大的偶然性，或者正应了"踏破铁鞋无觅处,得来全不费工夫"的老话。1963年春天,中科院古脊椎动物与人类研究所的一行专家,到蓝田县辖的灞河流域做考古普查。这是一个冷门学科里最冷的一门,别说普通乡民摇头茫然,即使有一定文化知识的当地教师干部,也是浑然不知茫然摇头。他们用当地人熟知的龙骨取代了化石,一下子就揭去了这个高深冷僻的冷门里神秘的面纱,不仅大小中药铺的药匣子里都有储备,掌柜的都知道作为药物的龙骨出自何地,蓝田北岭和原坡地带随处都有;被他们问到的当地识字或不识字的农民,胳膊一抡一指,烂龙骨嘛,满岭满坡踢一脚就踢出一堆。话说得兴许有点夸张,然而灞河北岸的岭地和南岸的白鹿原的北坡,农民挖地破山碰见龙骨屡见不鲜,积攒得多了就送到中药铺换几个零钱,虽说有益肾补钙功效,却算不得珍贵药材,很便宜的。农家几乎家家都有储备,有止血奇效。我小时割草弄破手指,大人割麦砍伤脚腕,取出龙骨来刮下白色粉末敷到伤口上,血立马止住不流,似乎还息痛。我便忍不住惋惜,说不定把多少让考古科学家觅寻不得的有价值的化石,在中药锅里熬成渣了,刮成粉末止了血了。

　　这一行考古专家在灞河北边的山岭上踏访寻觅,终于在一个名叫陈家窝的村子的岭坡上,发现了一颗猿人的牙齿化石,还有同期的古生物化石,可以想象他们的兴奋和得意,太不容易又太意外地容易了。由此也可以想到这里蕴积的丰厚,真如农民说的一脚能踢出一堆来。

这一行专家又打听到灞河上游的古老镇子厚镇周围的岭地上龙骨更多，便奔来了。走过蓝田县城再往东北走到30多里处，骤然而降的暴雨，把这一行衣履不整灰尘满身的北京人淋得避进了路边的农舍，震惊考古界的事就要发生了。

他们避雨躲进农舍，还不忘打听关于龙骨的事。农民指着灞河对岸的岭坡说，那上头多得很。他们也饿了，这里既没有小饭馆就餐，连买饼干小吃食的小商店也没有，史称"三年困难"的恶威尚未过去。他们按"组织纪律"到农民家吃派饭，就选择到对面岭上的农家。吃饭有了劲儿，就在村外的山坡上刨挖起来，果然挖出了一堆堆古生物化石，又挖出一颗猿人牙齿。他们把挖出的大量沉积物打包运回北京，一丝一缕进行剥离，终于剥离出一块完整的猿人头盖骨化石，震惊考古学界的发现发生了。这个小岭包叫公王岭。我站在公王岭的坡头上，看岭下公路上川流着的各种型号的汽车，看背后蒙着积雪的一级一级台田，想着那场逼使考古专家改变行程的暴雨。如果他们按既定目标奔厚镇去了，损失在难以估计之中，这个沉积在公王岭砾石里的猿人头盖骨化石，可能在随后的移山造田的"学大寨"运动中被填到更深的沟壑里，或者被农民捡拾进了药铺下了药锅熬成药渣或者如我一样刮成粉末撒到伤口永远消失。这场鬼使神差的暴雨，多么好的雨。

我在公王岭陈列室里，看到蓝田猿人头盖骨复原仿制品，外行看不出什么绝妙，倒是对那些同期的古生物化石惊讶不

_029

已。原始野生的牛角竟有70多厘米长，人是无论如何招不住那抵角一触的。作为更新世动物代表的猛犸象，一颗獠牙长到20多厘米，直径粗到十余厘米，真是巨齿了，看一眼都令人毛骨悚然。还有剑齿虎，披毛犀，单是牙齿和角，就可以猜想其庞然大物的凶猛了。我便联想到20世纪70年代初，我下乡驻队在白鹿原北坡一个叫龙湾的村子里。那是一个寒冷异常的冬天，在北方习惯称作冬闲季节，此时倒比往常更忙了，以平整土地为主项的"学大寨"运动正在热潮中。忽一日有人向我通报，说挖高垫低平整土地的社员挖出比碾杠还粗的龙骨。随之，打电话报告了西安有关考古的单位，当即派专家来，指导农民挖掘，竟然挖出一头完整的犀牛化石，弥足珍贵。龙湾村距公王岭不过80里，当属灞河的中偏下游了。可以想见，100万年前的灞河川道，是怎样一番生机盎然生动蓬勃的景象。这儿无疑属于热带的水乡泽国，雨量充沛，热带的林木草类覆盖着山岭原坡和河川。

灞河肯定不止现在旱季里那一绺细流，也不会那么浑，在南原和北岭之间的川道里随心所欲地南弯北绕涌流下去。诸如剑齿虎、猛犸象、原始野牛和披毛犀牛等兽类里的庞然大物，傲然游荡在南原北岭和河川里。已经进化为人的猿人的族群，想来当属这些巨兽横行地域里的弱势群体，然而他们的智慧和灵巧，成为生存的无可比拟的优势，他们继续着进化的漫漫行程。

从公王岭顺灞河而下到100里处，即灞河的较大支流河边上的半坡氏族村落遗址。从公王岭的蓝田猿人进化到半坡人，整整走过了100多万年。用100多万年的时间，才去掉了那个"猿"字，成为真正意义上的人，真是太漫长太艰难了。我更为感慨乃至惊诧的是，不过200多里的灞河川道，竟然给现代人提供了一个完整的从猿进化到人的实证；100多万年的进化史，在地图上无法标识的一条小河上完成了。还有华胥氏和她的儿女伏羲女娲的美妙浪漫的神话，在这条小河边创造出来，传播开去，写进史书典籍，传播在一个有5000年文明史的子民的口头上。这是怎样的一条河啊！

这是我家门前流过的一条小河。

小河名字叫灞河。

为城墙洗唾

多年以来，在涉及关中人乃至陕西人现状特质的讨论中，零零散散却不绝于耳的一种说法，是封闭。标志封闭的象征物，不约而同指向了西安保存完好的古城墙。文雅者冠以"城墙思维"、"城墙文化"等，形象思维者更显出想象的丰富，把城墙比喻为"猪圈"，"里边生活着一群猪"。后一种说话尽管有点自我作践自我受虐的残酷，而其意思却与前一种文雅的提法英雄所见略同。后者为前者的注释。

我赞同封闭的说法，我却不敢苟同只有关中人乃至陕西人封闭的观点。大清帝国治下的中国整个是封闭。改革开放以前的中国也是铁板一块的封闭。大的历史和现实的背景，是一个国家整体的封闭，不独某一方地域。

思想解放兴起20多年来，还把造成关中人陕西人思想封闭的渊源指向一个古物城墙，是否同时也泄露出当代人思维的浅薄乏力和随意性？

我所知道的史实，重要的有这样几个：西安是响应辛亥革命且完成"反正"最早的几个城市之一；陕西的共产党人在陕西传播共产主义几乎与全国同步；陕西农民运动开展的广泛和深入程度仅次于湖南，仅蓝田一个县就有800多个村庄建立了农民协会，缺憾在于没有人写这场大革命运动的"考察报告"。

"西安事变"怎么看都是扭转中国局势的大手笔。且不说毛泽东和党中央在延安的13年这样人人皆知的史实了。我便简单设问：在这些标志着中国现代史的重要历史阶段，西安、关中乃至陕西人的举动都毫无疑问地显示着最新思维最新观念和最果决的行动，城墙把哪一位先驱者封闭捂死了？怎么会把改革开放以前的封闭的渊源，突然瞅中了古城墙？

民间俗谚曰：婆娘不生娃，怪炕栏子太高。陕西经济发展滞后，肯定有至关重要的几条原因，恐怕不单是一个陕西人思想封闭所能了结。而造成思想封闭的因素也可能归结出几条，起码不会在城墙上头。用流行语说来，不是城墙惹的祸。

研究关中和陕西人的地域性特质，在现代化进程中强化其优势，减弱以至排除其劣势，是一个科学而又严肃的课题，对陕西走向繁荣和文明具有切实的意义。而图省力气的简单索象图解式的随意性，可能反而帮了倒忙，更不要说朝城墙上吐唾沫的撒气卖彩式言词了。

粘面的滑稽

一碗粘面，喜气洋洋；没有辣子，嘟嘟嚷嚷。

这是流传颇广的民间文学里的几句。与诸如陕西"八大怪"一样，以形象生动风趣幽默的韵词儿，描画出陕西（主要指关中）人独特奇异的生活风情，颇见民间智慧。内容基本客观写真，没有夸张失实，也没有褒贬的倾向。说者一乐，听者亦一乐；外省人说着逗乐，陕西人也自娱自乐说着，谁也不在意。

然在一些正经媒体正经场合，被人很正经地用来作为陕西人思想保守不求进取的例证，进而引申到影响经济快速发展的重要原因这样严肃重大的命题上。我不敢完全相信，不禁反问，这样的原因可靠么？

就我所知，即使比较富庶的关中，人们能喜气洋洋吃到一碗粘面的日子，也只是农村实行责任制以后这20年的事，之前作为公社社员的农民是把粘面作为待客的豪华饭食的，在"万恶的旧社会"就更不必说了。可见关中人并不具备满足于一碗粘面的先天性惰性。再说，黄河以北的大半个中国，人多以五谷杂粮为生，也都以一碗白面为上好食品，为什么山东人河北人北京人没有因为吃粘面（他们称捞面条或干面条）而保守起来，唯独是关中人抱着一碗面条就变得满足了、不思进取了？

总不会是关中的小麦与山东河北的麦子有质的差别吧！似乎还隐约着一层言外之意，以面食为生的关中人，不及以大米为主食的南方人脑瓜聪明灵活，自然影响到思维，也影响到经济发展。小麦和大米在所含营养成分上谁优谁劣差异多大，其实在这个话题里失去了对比的意义。稍微具备常识的人都知道，欧洲和北美人多以面包为主食，面包是用小麦为原料而不是以大米为原料的，似乎并没有妨碍他们作为世界经济最发达地区的人的大脑结构和思维方式。影响一个地区人的群体性思维方式和观念新旧的关键性因素，可能有好多条，在我看来至关重要的一条，是眼睛看取了什么脑袋里装进了什么，而不是嘴巴吃进去了什么。

既然作为一个地域经济发展这样至关重大的命题，讨论者最根本的立足点是严肃，是言之有据，是对可靠的"据"的科学论证，之后才可能找到制约经济发展的因素。某些浮皮潦草某些华而不实的说辞，不仅挠不着痒处，反而可能造成误导，贻误时机，甚而连关中人选择吃食（比如粘面）的自信心都没有了。

实践的灵魂是探索。"摸着石头过河"就是科学的探索精神。人们能理解能宽容探索过程中不可避免的失误，却不能接受诸如以一碗粘面给关中人把定脉象的滑稽。

遥远的猜想

在关涉陕西人地域性特质的讨论中,有一种说法叫"中心情结",即对曾经作为历史上或大或小13个王朝国都的政治经济中心,陕西人尤其是西安人至今怀有挥之不去的深层眷恋,而且形成了某种"情结",而且因为不能失而复得便走向心理负面,产生了"失落感"。

以史实推理和心理分析来说,颇觉得那么回事。那些小王国小朝廷的小国都且不说了,单是作为周秦汉唐这四个在中国漫长的文明史中,赫赫然有声有色的王朝的国都的子民,其光荣其自豪乃至自大都是自然的合理的,失去了国之首都也失去了"中心"位置的眷恋和失落感也是常情之必然。然而,拿这个推论来把脉今天的陕西人和西安人,敢信么?

创造过繁荣和鼎盛的唐王朝,是公元907年瓦解终结的,距今已有1096年,几乎11个世纪了。11个世纪里的整个世界发生了怎样翻天覆地的变化,一时难以述说;11个世纪时空里的中国演绎了多少王朝的兴衰，也难以述说；100年来的中国100年来的陕西和100年来的西安，发生了怎样惊心动魄的变化，却是清晰可见的。1000余年后的陕西人（尤其是西安人），还被一个皇都的"中心情结"苦苦纠缠，还陷入在酸溜溜的"失落"情绪里，难以了结难以"尘埃落定"，要不是陕西人西安人心理变态，那就是这个"中心情结"的绵绵之力顽固之功胜过毒瘾，以至生活在这块土地上的一代一代子孙，都化解不开丢弃不掉戒除不净一个想当中国中心的情结……我是觉得此说未免太玄乎了。

小时候听村里人们把进西安城叫"去大堡子"。西安在乡民的眼里，不过是比他们自己生活的堡子大了一点罢了。虽然有点调侃有点轻蔑也有点自大，却也较为生动地透视出20世纪40年代末西安的大概情况。一个凋敝到只配用较大的堡子来称谓的古城的子民，不操心养老抚幼不算计柴米油盐不设防劫匪小偷，亦不关注政权变更不闻不问频频发生的运动不在乎上岗下岗，唯独醉心于那个1000年前"中心"位置的虚幻，如果不是西安人自己活受罪，当是文化人太过遥远的猜想。

文化既可以是深邃的视镜，也是文化人可以自信可以自恃的一杖。眼见的事象，文化已变成了一只时兴的"热狗"，爱吃不爱吃都想品哑一下味道；文化可以成为唬人的巫词咒语，还能变异为包治百病包兴百业的膏药，随便贴一贴作为装潢作为广告哪怕作为幌子，其实也无大碍也无大伤。只是在对一方地域人群的心理秩序把脉时,切忌不着边际的联想,遥不相及的推理,不仅于心理秩序的实际相去甚远,也会把文化这根颇为神圣的"杖"弄得轻薄了。

孔雀该飞何处

"刚到西安,我就听说这儿大批人才流到沿海城市,称作'孔雀东南飞'。请问西安为什么会形成这种现象?"

这是三天前一家南方电视台记者开口就提出的一个问题。我在正面回答之前,先提出另一个例证:"其他领域我不敢断言,贵省的文学界我稍知一二,贵省是一个公认的文学大省,有一批出类拔萃的作家。自20世纪80年代后期以来,最具影响的几位作家,有的移居北美,有的迁居北京,有的转移到广州,更有一批集中飞到海南,几乎把海南作协变成贵省作协的一个分会。这些堪为文坛上的孔雀满世界散飞,能否称为'贵省现象'?首先要纠正的是,'孔雀东南飞'的现象,不是西安一家,贵省亦如是。"

小记者被我提供的基本确凿的事实堵住了嘴,有点措手不及。我当即为她解围,这既不是我和她抬杠,也不是为西安护短；西安和贵省发生的"孔雀东南飞"的现象，其实是全国都在发生的普遍现象，甚至可以说是一个世界现象。

在经济发展业已形成巨大差异的东部和西部，沿海与内地，相对滞后的内地和西部的各类身怀一技之长的人，向东部和沿海经济更发达的地区流动，是一个不可逆转的普遍现象；即使在西部或内地发展滞后的一省范围内，也存在中小城市里的人才朝省会城市流动集中的趋势；在世界格局里，落后地区和欠发达国家的人才，朝西欧和北美这些发达国家流动，已是不争的事实。怎么会是西安独有的现象呢？误传了。

这种现象，常见的解释有二：一是寻求能充分发挥自己智慧和能量的物质条件，比如先进的实验设备和较为充裕的资金。二是和谐和单纯的心理空间，不至于把智慧和创造力消磨在蝇营狗苟的龌龊之中，而能使智慧和心劲专注地投入到发现和创造中去。这当然是有能力也有抱负的人，在省内在国内甚至在世界范围里流动的关键原因。然而，还有一条隐伏的说来不大冠冕堂皇却更趋本能的原因，便是报酬多与少、收益薄与厚的较为悬殊的差别。

还是民间富于生活哲理的谚语来得明快：人总是挑白馍大馍吃。我对小记者说，干同一个项目，在敝省和贵省只能吃上黑馍和小馍，在深圳在上海却可以吃上白馍大馍，在纽约在温哥华在巴黎更可以吃上面包和牛排，而且项目试验的设备、条件、环境、资金更完备，这种人才流动的地域现象国内现象乃至世界现象,就很难在短期内扭转。君不见,即使在中国经济最发达、个人收入最惹眼的地区,仍然有许多人才流向北美、西欧和东邻日本……

"孔雀"该飞何处,该栖哪条枝上,这个自主权在"孔雀"们自己权衡与斟酌。

乡谚一例

关中乡村和中国南方北方的乡村一样，流传着许多谚语俗话民谣。因为历史文化地方风情尤其是方言的差异，这些乡谚也有差异，然而更多的是内蕴上的类同，相同的意思各有各的方言表述形式。关中是一个历史文化沉淀尤为丰厚的地区，即使乡间也是文化和教育相对发达的地区，乡谚等特别丰富。

我生在乡间长在乡间工作在乡间，自打能解知人言，便接受这类民间文学的灌输，只是不太留意，也不太在乎。原因在于"崇洋迷古"，以为中国的外国的书籍上的东西才是知识，民间谚语一类是登不得大雅之堂的。近年间也不知何种因素驱使，竟想到许多谚语是很了不起的大智慧大学问，乃至大哲理。在庞杂的谚语词汇里，有讽时喻世的，有乡风民俗，有天光地貌气象变幻的、农耕时令和农耕技巧的，几乎无所不包。我更感兴趣的是那些概括生活现象社会现象极富哲理的谚语。因为不是专指一时一事，也就不因时迁事变而消匿；在一定意义上归结出生活的某些规律，因而一代一代传遗，经久不衰。

仅举一例。也是最通俗易明的一例。"狗狂一摊屎，人狂没好事。"

乡间的狗是吃屎的，常为得到一堆屎而疯狂。隐喻到人却是反意，疯狂是没有好结果的，乃至死。"屎"与"死"在关中方言里为谐音。小时候玩到癫狂状态，母亲就会掷出这句话警告。话音未落，我已经从楼梯上摔下来了，或者是疯跑到折不住身栽到深沟里去了。然仍不长记性，也不在乎这粗俗的谚语。我后来读到一句流行欧洲的谚语，"上帝想让谁灭亡，先使其疯狂"，甚为惊喜，欧洲民间和关中民间以谚语方式归结出来的生活哲理社会事象，竟如出一辙。

希特勒为一摊"屎"，何其疯狂乃尔！结局是"畏罪自杀"在地堡里。东条英机何等狂妄何等不可一世，结局是被吊死在国际法庭的绞索上。林彪江青之流横行于"文革"，疯狂到无以复加的状态，结局也够惨了。萨达姆被美国士兵从乡村地窖里拖出来的那副模样，我一眼就看出眼神里丧失了原有的"独气"和"横气"。这两种气色几十年来充盈着萨达姆的眼睛，直到他疯狂地出兵占领科威特，成为一个转折或灭亡前的先兆。

我又怀疑欧洲谚语了。上帝原本是个善的形象，不应也不会故意驱使某个人先疯狂再灭亡的。这条谚语用在上帝头上有失敬意。倒是关中民间的谚语更科学更经得住推敲，它把人群里的疯狂分子比喻为狗,把疯狂分子的反科学反生活规律的行为,比喻为疯狗的行为,似乎更恰切更得当,也更具可视性。

也说乡土情结

今年夏天,我随中国作家采风团从重庆乘游轮抵达湖北秭归,再转车到武汉,饱览长江两岸雄奇秀美的山光水色,畅美舒悦;沿途全迁或半迁的几座新县城一派新貌,令人叹为观止,流连不想离去。然而,每到一市一县,各家媒体采访的诸多问题里有一个问题却是共同的,即那些移民难以割舍的乡土情结,你如何看待。有的摆出移民男女扶老携幼举家迁移登上船头泪眼回望家园的照片,有的举例说,迁到上海崇明岛已经住上三层小楼的移民,仍然难以化释怀乡之情,甚至说:"我住到楼上离土地太远了。"我毫不迟疑地回答,我不敢怀疑这些图片和语言细节的真实性,但却不敢附和这种太过渲染的文人情怀。忍了忍,没有用矫情一词。

我的论据首先是我眼见的事实。沿着长江旅行的四天三夜里,两岸多为雄奇高耸的山峰和起伏无边的丘陵,在七八十度的陡坡上，散落着移民扔下的低矮残破的茅草房，一块一块窄小的如同划痕的梯田。即使毫无农村生活经验的人，恐怕也会想到在这种既破坏植被亦不适宜人类生存的险恶环境里，把这些数以百万计的山民迁移到生产生活条件更好一点的地方去，于长江生态有利，于这些固守大山的山民更是一次历史性的告别，子子孙孙都因此而改变命运了。对于照片上登船离去时回顾茅屋的一双双泪眼，我用另例来打趣，一批一批在中国生活和工作都很不错的人，移居到欧美，临别时在机场与家人分手时也难抑一眶热泪，然而并不能改变他们铁定的去意。至于已经住上三层楼房还要抱怨"离土地太远"的崇明岛那位移民，渲染这种太过矫情的话，还有什么意思呢！

100多万祖祖辈辈困顿在长江两岸崇山峻岭里的贫苦农民，做梦也想不到会有机会迁出大山，定居在诸如崇明岛等较为优越的环境里，应该是沾了三峡工程的光。且不说各级政府的经济补助，不看这种改变子孙命运的历史性告别的本意，却以图片、文字渲染故土难离的泪眼，我把其称为"文人情怀"。

从人的本性上来说，总是寻求能有利于自己生存和发展的空间，总是从恶劣的环境趋向相对优越的环境。落后的贫穷的自然和社会环境较差的国家的子民，争相移居发达和文明的国家，是延续许多世纪的一个世界性现象，至今依然，离愁和分手的眼泪从来也没有阻挡住这种流向。在中国，常常听别人说关中人抱着一碗干面不离家，乡土情结最重了，因而保守，因而僵化，因而不图创新，甚至因而成为陕西发展滞后的一个重要原因。我说，在中国范围内，恐怕再没有哪个地域的人比上海人恋乡情结更重了。本质的原因，在近代中国上海是现代工业文明的首站，工作环境和生活水准高于优于其他各地，上海人离开上海走到中国任何地方，都是与优越的生存环境背向而行，未必纯粹是对故土的一份热恋情结。让我做出这种判断的一个事实是，在近年移民日本和欧美的中国人中，上海人占的比例尤大。为什么上海人移居西北和移居日本表现出的对故土的怀恋情结差别悬殊呢？我依此而怀疑文人情怀中渲染的那个情结的可靠性；也怀疑关于人们对故地乡土的那份普遍存在的恋情，真的会成为一个地方经济发展的制约性藩篱。

在关于陕西或西安人的话题的讨论中，常见一些浮于表面缺乏鉴证而又十分具体的结论，甚至裹上了流行的新鲜名词，使我常常感到某种不敢踏实倚靠的滑溜，以及不着痛处多属哗众而于事无补的空洞。想来也可释然，这种现象，其实不光发生在关于陕西人或西安人的讨论中，长江沿岸许多县市关于当地人的讨论中也有类似情况，辟如在文人情怀驱使下对移民泪眼的热闹渲染，却无心关注移民们开始鼓胀的腰包和明亮的楼房里已经获得的舒悦。

两个蒲城人

许多年以来,我都被两个蒲城人感动着。一个是晚清军机大臣王鼎,一个是西北军首领杨虎城。鸦片战争时,王鼎对道光帝以死相谏;抗日战争时,杨虎城对蒋介石发动兵谏。在近百年里两次民族危亡的紧要关头,两个关中蒲城县人分别以死谏和兵谏的方式力挽狂澜,对于今天纷纷扬扬讨论着的关于关中人的话题,我来提供一个参照。

嘉庆帝时,王鼎历任工、吏、户、礼、刑各部侍郎,所谓"迭居五部"的重臣。到道光帝时,担任军机大臣整整17年,直到自杀。他的政绩他的方略他的品格,短文不足叙,仅举他生前一二年内的几件大事和细节。王鼎力荐林则徐赴广东禁烟。林则徐被革职流放新疆,王鼎也被道光帝支使到开封封堵决口的黄河,他提出让林则徐为治水助手,企图使林躲避流放苦役。年过古稀的王鼎拒绝豪华"宾馆",把指挥大帐扎在施工现场,直到完工,裤裆里早已溃烂化脓。道光圣旨下来,林则徐继续发配伊犁。王鼎跺脚捶拳,仰天长叹,挥泪为林送别。

王鼎知道鬼捣在哪里。回到朝廷,与琦善、穆彰阿之流就形成白热化交锋。"每相见,辄厉声诟骂","斥为秦桧、严嵩"。诟骂大约类近臭骂。王鼎是否用了关中最普遍最解恨的那句"陕骂",不得而知。无论这个老蒲城怎样斥责怎样羞辱怎样臭骂,穆彰阿却"笑而避之"。道光帝以"卿醉矣"来和一摊超级稀泥。王鼎之所以失控之所以猴急之所以开口动粗,在于道光帝早已视他为妥协政策的障碍和赘物了。王鼎几乎气疯了,当朝大叫"皇上不杀琦善无以对天下。老臣知而不言,无以对先皇帝",竟而扯住道光龙袍不表态不许退朝……随之便以一条白练把自己吊到屋梁上,留下三条谏言:"林不可废。琦、穆不可用。条约不可签。"

当着一群得宠的蛇鼠弄臣围着昏聩的皇帝出卖国家和民族的丑剧演到热闹处,一个把整个国家存亡和民族荣辱扛在肩上的关中蒲城人,我们怎么好意思叨叨喋喋他"生冷憎倔"也否?是吃粘面还是吃大米更先进也否?

杨虎城离我们时空较近,较之王鼎,"知名度"更高得多。正是这个蒲城人和东北军首领张学良联手,捶拳一呼"把天戳个大窟窿",捉了蒋介石,一举扭转了中国的时局。应该说,中国后来的历史进程和结局,就是从那一刻发生转机的。杨虎城兵谏比王鼎的死谏要有力得多,结局和效果也相差甚大,然而杨虎城的个人结局却更惨,是他杀,而且同时被杀的还有妻和子，没有示弱没有变节。

王、杨二人是蒲城人，在其思想、精神、抱负和人格上有诸多共通的东西，无疑也和我们这个民族垂之青史的志士仁人共通着。我可以骄傲并引以为做人楷模的当是他们。这样说，并非蒲城并非关中就没有巧舌如簧骨软缺钙专事龌龊的卑琐之徒，这是任何一个地域的人群里都不可或缺的人渣，也如同任何一个地域都会有担负民族和国家兴亡荣辱的铁肩一样挺立于世。我只想说，我们在讨论一个地域性群体的共性时，无论这个共性中的优点或缺点，不要忘记不要绕开这个地域最杰出的人物，应该作为讨论的参照之一。

我再想说，我们讨论陕西关中人的视野应该更宽泛一点，视线应该更具穿透力，不要只局限在民间市井浮泛调侃的层面上，那样会弄得陕西人笑也不自在哭也不自在，吃面不自信吃米也不自信地无所适从了。

我以为，决定一方地域人的素质高下的关键是受教育的程度和知识结构。对于文盲而言，喝米汤和喝咖啡都产生不了新思维，无论他是关中人，或是广州人，或是欧美人。

半坡猜想

在陕西，远至黄帝陵，近到最后一家乡试考场的无以数计的历史遗存景观中，母系氏族公社时期的一个完整的村落——半坡遗址，有意与无意间却是我观赏留恋最多的一处。这纯粹出于一种故乡情结。我的生身之地在白鹿原北坡下的灞河岸边。半坡村落遗址在白鹿原西坡下河岸边的二级台地上。两个村庄之间的距离不过20里。绕着白鹿原北坡和西坡的灞河和浐河，在古人迎客的欢声笑语和折柳送别的情殇层层叠叠发生的灞河桥下汇合，投入广阔深沉的渭水。任何时候路过半坡，瞥见那个圆顶无柱的标志性建筑，眼前就浮现出6000年前那个村落里的清晰的格局，圆形或方形的泥墙草顶房屋，屋里的火塘和土炕，那造型精美的陶罐、陶瓶、陶盆、陶壶和陶钵等，还有那野生的粟，那开创乐声的埙，那至今令人百思不得其确切意指的人面鱼纹图画……几十年来，半坡遗址在我心中都是一种梦幻般的景象。

我第一次踏进半坡先民生活过的遗址，是1955年秋天。我刚刚13岁，到西安上中学，周六回家背馍路过半坡，我和同学到正在发掘的遗址，看到年老的和年轻的考古工作者蹲在大土坑里，用小铲和小毛刷在小心翼翼地剔除土屑。我连粗通的历史知识都没有，只有新鲜和稀奇，几乎再没有什么价值意义的理解，有的是遥远到不可思议的梦幻般的迷茫。

这种梦幻般的迷茫一直延续到现在。尽管我对人类进化的历史了解到一些常识，尽管我记不清多少次听专家讲述半坡人的生存形态和创造性劳动，这种梦幻般的迷茫不仅没有透彻清晰出来，反倒陷入愈来愈富于想象的诗性的迷离中了。水流清澈而丰沛的浐河两岸，丛林修竹野草茂盛，虎、狼、豹子、山猪、狐狸、獐子、野兔和鹿自由其间，天空是各类鸟的领空，河里是鱼蟹的领地，半坡先民生活在这样的自由王国里，那位统领着他们的伟大女性当是怎样的姿容。下河捕鱼上原狩猎，每有重要捕获，该是怎样一种狂欢和喜悦。他们围着火塘烧烤新鲜兽肉的香气儿肯定弥漫到整个村庄，男女老少会是怎样一种欢乐融融。

我总是想着永远也不得谜解的谜。是哪个男性或女性在野草丛中发现了可以作为吃食的野生谷物，又如何把它引种成功，又是如何发现了将粟煮为熟食的秘窍？神农氏就诞生在这样的村落里，这个氏族的子孙至今依然顶礼膜拜。是哪一位伟大的天才创造出第一件陶器，使人类的生存状态进入一个空前文明的阶段。那个不知名的绘出"人面鱼纹"图画的人，当是人类最早的天才美术大师，其构图里展示的丰富的想象，令今天的现代派艺术家们也叹为观止，亦令今天的现代人仅能做出猜想式的种种判断，诸如氏族图腾生殖崇拜等，比哥德巴赫猜想还要费解。那只埙或曰陶哨，无疑是人类创造的第一件乐器，捏成这乐器的那位先民，当是人类第一位音乐天才演奏大师，人类从此有了愉悦自己的音乐和乐器。6000年后的当今，中国演奏家用这种陶哨吹出的曲子，不仅令中国人倾倒，连听惯了洋乐洋曲乃至疯狂摇滚的美国人也发出了欢呼。可以想到，从半坡人手里创造出来的陶哨和由半坡人心灵世界流淌出的音符和6000年后的中国人和美国人完成了交融和沟通，几乎没有时空的阻隔和民族习性的障碍，我更感动于音乐的无形的伟力，更感佩制造陶哨和吹出第一声乐器的半坡村诞生的那位音乐天才。他肯定不会想到捏成的陶哨会产生如今人评说的价值和意义。他大概只是对音响尤为敏感的一个普通村民或大酋，照样打猎、照样种谷或者制陶，他独有的一根敏感于音符的神经促使他创作陶哨。在他原有的意识里，也许只是一种兴趣，一种试验，一种新奇促使着的好玩的行为，然而，却成就了人类第一件乐器的诞生。

面对那个装殓幼童的瓮棺盖上的圆孔，每一次我都抑止不住心的悸颤。这个装着幼童的瓮棺没有进入成年人的墓葬区，而是埋在住宅区的房屋旁边。据考证说是幼童需要得到母亲的继续守护，或者说纯粹是母亲割舍不开对幼童小生命的骨肉情感，显然是现代人依着常情常理的一种推想。唯有那棺盖上专意留下的小圆孔，令人更多了推测和猜想，据说是给幼童的灵魂留下的出入的途径。我愿意相信这种判断，在于这个圆孔打开了阳世与阴界的隔障，给一个幼稚的灵魂自由出入自由飞翔的途径，可见半坡人的温情。

人类后来文明愈发展，反倒是对人鬼两界禁锢愈厉害，无论皇帝的豪华墓里的石棺，抑或平民的木板棺材，都是唯恐禁闭不严而通风透气的。

浐河边上的半坡人，距离灞河边上的蓝田猿人不过100多里的路程，却走了整整115万年，我简直不敢想象人类进化史这个漫长的时间概念。在半坡遗址的村落上漫步，我就感觉到很近很近了。在我的家屋不到二里远的华胥镇上，今年农历二月二日举行过华胥氏的祭祀仪式。华胥氏踩踏巨人足印而受孕，生伏羲和女娲。女娲抟土造人，炼石补天。华胥氏和她的女儿女娲，是我们的始祖。这在史籍记载里，也仍然是神话传说。华胥氏冢所在的华胥镇，距半坡遗址不过20里。华胥氏和她的女儿女娲，当是在无以数计的类似半坡村落里的女性首领的基础上，后人创造的神话。

-055

那是一个最适宜用神话表述的时期。我的家乡有活生生的半坡人遗存,又张扬着一个民族诞生的神话,这是浐河、灞河。

娲氏庄杏黄

蓝田朋友老曾打电话来,说岭上杏黄了,约我去摘杏吃杏。听这话时,心里已沁出酸水来,因为手头事情太多,一时难以确定成行与否,只好把话说到活处。隔几日,老曾又打电话来,杏熟正到洪期,过三几日该清园了。我终于经不住记忆里的大银杏的诱惑,决定上岭去,又有酸水沁出来,完全是生理反应。

村子后背的崖坡上,东头有一株粗大的银杏树,西头也有一株。从杏儿在刚刚萎干的杏花里形成如小拇指大小,绣着一层茸茸细毛,我和伙伴就开始偷摘了,咬一口就酸得龇牙咧嘴睁不开眼睛,仍然还是要偷摘;在树的女主人尖锐的叫骂声中,迅即逃遁到坡沟里隐蔽起来,嘻嘻哈哈品尝那酸过醋精的小杏儿。到我成年后成为基层干部,有年夏天到盛产杏子的一个村子去帮助收麦子,生产队长曾领我到一棵最好的杏树下,几乎吃饱了肚子,实在忍不住这大银杏清香绵甜味道的引诱，中午饭都免吃了。30多年过去，留在味觉记忆里的香味，再也没有重得享用的机会。

大清早起来，空气都是燥热的。城里燥热，家乡的田野里也燥热，毕竟是接近夏天了。汽车在我最熟悉不过也亲近不过的灞河川道里疾驰，满眼扑来绿树和绿草，以及刚刚割过麦子在阳光下闪闪泛着亮光的麦茬地，怎么看都觉得舒服。这种舒悦是潜存在生命深层的每一根神经里。除了父母和医院，我睁开眼睛看到世间的第一道风景，就是割过麦子后留在土地上的麦茬子，被夏天的太阳晒得闪闪发亮，还有河川灌渠上一排排优雅傲然的白杨树。几十年里年年都重新温习反复观赏这河川和岭坡上的景致，铸成一种永久的油画在心灵深处，只是近年间隔断了。今日又触及了，搞不清是眼前的景致融汇到心底，还是心底的那幅油画铺展到眼前的天和地之间，我却是陶醉了。发亮的无边际的麦茬和碧绿的白杨树，引发的是久违的生命本能的舒悦。乡情何止一杯酒所能比拟。

车子拐上岭坡通直的乡间公路。在遇到第一个村子时又拐向西。村子里一幢幢红砖红瓦的新房子，还有两层小楼，迎面的墙壁多用白色和橘红色瓷片装饰，在庄前屋后的椿树槐树桐树和杏树的绿荫里，看去煞是鲜艳煞是清爽。在新房和小楼背后的黄土崖下，面对那层层叠叠的岭坡环抱的谷地，吸着弥漫在温热的空气里的杏花的清香，席地而坐，打开了啤酒瓶。那是我最温馨的一次春游。我那时就想到这漫坡满岭杏黄的时节，再来尝一回刚刚摘下的杏子，不料几十年过去，到今天才成行了。我走进了盛产大银杏的娲氏庄。

娲氏庄在红河谷延伸过来的谷地的南岸。娲氏庄以女娲名字得名的，现在无人能说得清是从哪朝哪代开始启用这个村名的。村子的西北是开阔的谷地，四面再大的暴风刮到这谷地时，都会减弱其暴力而温柔起来，确属一块天然的风水宝地，七八千年前的女娲选择这块地盘，哺养她繁衍的和用泥土抟造的儿女是有道理的。这方岭坡地带整个都弥漫着人类始祖的美丽神话。下了谷底，上了对岸的岭坡，一直向北走，不过30里地就是闻名天下的骊山下的秦始皇陵墓了，我现在摘杏的娲氏庄，是骊山南麓的边缘，整个骊山浑然一体无所间断。

北边的山顶上有"人祖庙"，是秦汉以前始建的女娲祠，每年农历七月十五，四面八方的乡民都来朝拜，多为成年女性，依然向这位抟土繁衍了华夏民族的女神乞求一个大胖大壮的儿子。人们广泛知晓骊山下杨贵妃沐浴的香池，也知道周幽王烽火戏诸侯丢失江山的典故，更知晓杨虎城和张学良在这儿扣蒋发动西安事变的故事，却忽略了女娲氏在这方山地岭坡上抟土造人和炼石补天的神话。我到女娲的村庄里摘杏来了，我踩踏的村巷和坡地上的黄土小路，我走进的杏园里的松软的土地，肯定是这位老奶奶无数次奔走踩踏过了的。还有比这更幽远更神秘的岭坡吗？

得了山水地脉独有的优势，娲氏庄的大银杏是口味最好的杏子，左右的或对面岭上坡下的村庄，不过三五里或几十里，都是铺天盖地的杏林，为何娲氏庄的银杏远近传出了名声？据说还是土地和地下水的差异，还有光照的差别，再就是沾着女娲氏的神韵仙气了。娲氏庄银杏出名，不是商业宣传的效应，而是早已名声远播，起码在我小小年纪就听说了，早已有口皆碑了。眼目所到之处，尽是大大小小的杏树，岭坡被层层叠叠的杏树覆盖着；屋院内外都是杏树，金黄的杏子在绿叶里显露出来；墙外的杏树把枝条伸进院子，院里的杏树的枝条又逸出墙头来，枝条上都串结着半黄的和金黄了的杏子。

走出村子，下一道坡坎，沿一条铺满青草的小径走过，草木的清香和杏子的香味在微风里掠过。小路上有男人和女人推着用大竹笼装满银杏的独轮车走过，汗涔涔的脸上堆满真诚的笑，大声爽气地礼让我和朋友吃杏。几经转弯，走到一棵大杏树下，树冠遮盖了至少一分多地的山坡，树干已有空洞，枝叶却依旧茂盛，壮气而又精神，不显一丝衰老气象。老人说这棵杏树已超过百年，记不清是哪代先人栽植的了。我相信他的话，两人合抱的树干就摆在这里。我惊讶的是这株杏树依然着的活力。杏子已经黄了，熟了。主人颇为遗憾地说，他刚刚摘掉树顶上的杏子，只剩下中下部树股树枝上尚未熟透的杏子。杏子是从树梢往下逐渐成熟的。我坐在杏树下，浓密的树叶遮挡着六月的阳光，一片让人可以享受树荫的凉爽。你可以在这个世界上接受诸多的现代享受，也可以获得前人想象不出的快意乐趣，却难得这种原始的树叶遮盖下的一方阴凉儿的享受。远处是不尽的群山岭坡，眼前是随着地势起伏着的杏园里的绿叶，坡坎上正竞相开放着的野萝卜野豆荚的白色和紫色的花，我坐在一棵百年大银杏树荫下，享受山野里大太阳下的一种清凉，似乎回到我青壮年以前的天地里的生活方式和歇息方式。我没有拒绝现代文明生活的矫情，却在重温以往的那种生活形态里除了苦涩，只留下简单的温馨和单纯。我已经很久没有在山野里的树荫下独坐和吸烟的那一份纯净到简单的心境了。

主人攀上一架梯子，从树上摘下几个杏子来。我捏在手里，凭感觉就知道它熟透了，通体金黄，轻轻掰开，就是鲜黄近红的杏肉，略停片刻，凹心里便沁出一汪杏汁来，用舌尖舔一点，那种清香的甜味真是无可形容，无可比拟，因为它是独有的唯一的银杏的香味，何况又是久负盛名的娲氏庄大银杏。只觉得清凌凌的蜜一样的水汁，和着杏肉，入到口里，已渗入到心肝脾脏里去了。主人在骄傲地宣扬他的杏，干净无染，尽可以放心吃。我完全相信，杏树无病虫害，四季不洒任何化学成分的药物。况且这岭坡山洼，没有一家工厂，不见任何有害气体和煤烟，甚至连尘土也很难飞扬。我贪婪地连续吃着，大约把多年以来的亏欠一次性补偿了。

这位拥有百年大树的主人是一位智者，又是一位热心公众利益的富于威望的老者，他把村子里的农民联合起来，组织了一个果农协会，扩大宣传，统一包装，吸引来不少客商，不用推车挑担到城里沿街串巷去叫卖，城里的果品商人开着汽车到村里来收购。还有大批的城里人结伴来摘杏买杏，既体验了自摘鲜杏的情趣，也到山野里怡悦性情。一位年轻干部悄悄告诉我，经过挑选分类，再经过印刷精美的盒子包装，银杏的价值成倍提升，村民自然高兴了。华胥镇政府几年来在岭坡地带搞银杏基地建设，娲氏庄银杏已打出名声，农民见着实惠，仅留一点土地种植粮食作物作为自食，绝大多数土地都栽植大银杏树了。据说他们近年来一亩地杏树的收入，抵得上十亩麦子的价值。真应了乡村自古就流传着的谚语：一亩园，十亩田。娲氏庄和岭上的乡民，真没料想到指靠杏子可以过上舒坦的日子。

朋友老曾约我明年再来。我便玩笑说，我明年到岭上来种植杏园，你帮我物色一块好地，把写作重置于业余。

麦饭

按照当今已经注意营养分析的人们的观点，麦饭是属于真正的绿色食物。

我自小就有幸享用这种绿色食物。不过不是具备科学的超前消费的意识，恰恰是贫穷导致的以野菜代粮食的果腹本能。

早春里，山坡背阴处的积雪尚未退尽消去，向阳坡地上的苜蓿已经从地皮上努出嫩芽来。我掐苜蓿，常和同龄的男女孩子结伙，从山坡上的这一块苜蓿地奔到另一块苜蓿地，这是幼年记忆里最愉快的劳动。

苜蓿芽儿用水淘了，拌上面粉，揉、搅、搓、抖均匀，摊在木屉上，放在锅里蒸熟。出锅后，用熟油拌了，便用碗盛着，整碗整碗地吃，拌着一碗玉米糁子熬煮的稀饭，可以省下一个两个馍来。母亲似乎从我有记忆能力时就擅长麦饭技艺。她做得从容不迫，干、湿、软、硬总是恰到好处。我最关心的是，拌到苜蓿里的面粉是麦子面儿还是玉米面儿。麦子面儿俗称白面儿，拌就的麦饭软绵可口，玉米面拌成的麦饭就相去甚远了。母亲往往会说，白面断顿了，得用玉米面儿拌；你甭不高兴，我会多浇点熟油。我从解知人言便开始习惯粗食淡饭，从来不敢也不会有奢望寄予；从来不会要吃什么或想吃什么，而是习惯于母亲做什么就吃什么，没有道理也没有解释，贫穷造就的吃食的贫乏和单调是不容选择或挑剔的，也不宽容娇气和任性。

麦子面拌就的头茬苜蓿蒸成的麦饭，再拌进熟油，那种绵长的香味的记忆是无法泯灭的。

按照家乡的风俗禁忌，清明是掐摘苜蓿的终结之日。清明之前，任何人家种植的苜蓿，尽可以由人去掐去摘，主人均是一种宽容和大度。清明一过，便不能再去任何人家的苜蓿地采掐了，苜蓿要作为饲草生长了。

苜蓿之后，我们便盼着槐花。山坡和场边的槐花放白的时候，我便用早已备齐的木钩挑着竹笼去采捋槐花了。

槐花开放的时候，村巷屋院都是香气充溢着。槐花蒸成的麦饭，另有一番香味，似乎比苜蓿麦饭更可口。这个季节往往很短暂，家家男女端到街巷里来的饭碗里，多是槐花麦饭。

按照今天已经开始青睐绿色食品的先行者们的现代营养意识，我便可以耍一把阿Q式的骄傲，我们祖宗比你阔多了，他们早早都以苜蓿槐花为食了。

到了难忘的20世纪60年代，被史称"三年困难"的20世纪60年代初，家乡的原坡和河川里一切不含毒汁的野菜和野草，包括某些树叶，统统都被大人小孩挖、掐、拔、摘、捋回家去，拌以少许面粉或麸皮，蒸了，食了，已经无油可拌。这样的麦饭已成为主食，成为填充肚腹的坐庄食物。男人女人老人小孩都别无选择，漂亮的脸蛋儿和丑陋的黑脸也无法挑剔，都只能赖此物充饥，延续生命。老人脸黄了肿了，年轻人也黄了肿了，小孩子黄了肿了，漂亮的脸蛋儿黄了肿了时尤为令人叹惋。看来，这种纯粹以绿色野菜野草为食物的实践，却显示出残酷的结果，提醒今天那些以绿色食物为时尚为时髦的先生太太们切勿矫枉过正，以免损害贵体。

近日和朋友到西安大雁塔下的一家陕北风味饭馆就餐，一道"洋芋叉叉"的菜令人费解。吃了一口便尝出味来，便大胆探问，可是洋芋麦饭？延安籍的女老板笑答，对。关中叫麦饭，陕北叫洋芋叉叉。把洋芋擦成丝，拌以上等白面，蒸熟，拌油，仍然沿袭民间如我母亲一样的农家主妇的操作规程。陕北盛产洋芋，用洋芋做成麦饭，原也是以菜代粮，变换一种花样，和关中的麦饭无本质差别。不过，现在由服务生用瓷盘端到餐桌上来的洋芋叉叉或者说洋芋麦饭，却是一道菜，一种商品，一种卖价不小的绿色食品，城里人乐于掏腰包并赞赏不绝的超前保健食品了。

家乡的原野上，苜蓿种植已经大大减少。已经稀罕的苜蓿地，不容许任何人涉足动手掐采。传统的乡俗已经断止。主人一茬接着一茬掐采下苜蓿芽来，用袋装了，用车载了，送到城里的蔬菜市场，卖一把好钱。乡俗断止了，日子好过了，这是现代生活法则。

　　母亲的苜蓿麦饭槐花麦饭已经成为遥远而又温馨的记忆。

搅团

家乡灞河川道自古盛产包谷。由包谷面儿做的搅团便应运而生，历久不衰，绵延至今。

把新磨下的包谷面儿，在滚开的铁锅里撒，一边撒着，一边用木勺搅动。顺时针搅一阵子，再逆时针搅一阵子。包谷面儿要一把一把均匀地撒下去，不匀则容易结成搅不开的干面疙瘩。灶锅底下的火不能灭断，灶下大火烧着，锅里撒着搅着，紧张而又热烈，一般均需夫妻二人同时搭手默契配合，才能打出一锅好搅团。搅团这种饭食的操作过程，常常可以看到农家夫妻的温情和爱意。夫妻间闹了气儿，男方或女方企图结束冷战状态，便会提议打搅团。在灶下和锅台上近在咫尺的夫妻紧密配合中，搅团打成了，夫妻关系也重修旧好了。

这种搅团，说白了，不过是一锅糨糊。然而，绝对区别于一般的糨糊。一锅用包谷面打成的糨糊。

一般的糨糊，必须用麦子面打成才黏。包谷面黏力不足，即使农家主妇双手抱着木柄大勺搅动，那搅团只增加筋道却不甚黏糊。所以，地道的搅团必以包谷面为原料。麦子面打出的反而真成了糨糊。

包谷面搅团千家万户的锅里打出来的大同小异，区别在于臊子。最简单的是用好醋好酱调汤，伴以葱花蒜泥佐味，有香油滴入自然更好。复杂一点的是用臊子浇汤。用荠菜做汤浇到搅团碗里，野味鲜味俱佳。最复杂的臊子，在关中东府如同臊子面的臊子做法一样，肉丁红白萝卜丁黄花木耳等烩成臊子，浇到搅团之上，那是超常享受了。以上均为热搅团。

搅团凉吃亦很别致。用勺舀到可以下漏的竹篮里，轻压轻挤，搅团便像一条条小鱼或更像蝌蚪一样漏进盛水的盆里。再捞出来，调进酸辣调味品，口感好极了，怀娃娃的孕妇尤好此食。再把搅团晾在案板上，摊平，冷却后切成小块，调了油盐酱醋，作为喝稀饭的佐菜。一边是热烫的包谷糁子稀饭，一边是冰凉可口的搅团，男女皆好此一热一冷的刺激。还有烩搅团，不再赘述。

无论热吃凉吃烩了吃，谁都明白，只是把包谷这种粗粮变一个花样以图好进口罢了。

少年和青年时期，粗粮为主，包谷坐庄。包谷稀饭包谷馍馍，一天三顿均为黄颜色的包谷做成的饭食，民间戏谑：早上包谷吃，响午包谷喝，晚上包谷把皮脱。搅团便是把难吃的包谷面儿变一种饭食花样。农村孩子，没有谁能逃躲包谷饭食的，自然也逃躲不了搅团。

搅团又被乡人戏称"哄上坡"，说它耐不得饥，易消化。肚子吃得膨胀，干活去走到坡上就又饿了。我曾经发过誓，如果能有福分不吃搅团，我将永远不再想它。

当我和乡民都以白面为主食的日子到来时，过了几年，却想吃搅团了，真是不曾料到。随着年岁递增，对这种曾经厌腻透了的饭食更多一层回味与依恋。

到渭南市，作家李康美约我到他家吃饭，我首选搅团。李夫人买来新磨的包谷面儿，味道真是好极了。

到咸阳市，作家文兰约我吃饭，我仍然首推搅团。文兰又约来作家叶广芩，说她已早有约求，待有搅团吃时一定相告。叶广芩为清室皇家血统，想品尝关中民间饭食，自然除了新鲜，还有体验民情之美意。不料，我等吃得满头大汗口香腹胀仍不想丢碗筷，叶氏广芩却一脸茫然，感叹：我就一种感觉——猫吃糍子嘛！

陕西作家协会院内有一家搅团专业户，便是文学评论家李星，平均每周至少打一次搅团，从春吃到夏，吃到秋再吃到冬，全以时令蔬菜做汤伴着。我等想吃搅团，便先告知一声，多撒一把包谷面儿，或是在楼下闻到搅团锅底烧着了的香味，便直接上楼去讨一碗吃。人说，李星写了大半辈子文学评论，打了半辈子搅团。

搅团而今也被开发被提升到大小饭店的食谱上，卖得一把好价，真是大出我半生之意料，惊疑今天富裕了的人疯了。

背离共性，自成风景

许久许久以来，我都陷入在关涉陕西作家和作品的话题之中。

最初是一种情感陷入。那是青少年时代阅读柳青《创业史》和王汶石的《风雪之夜》所发生的情感活动。到20世纪70年代中后期，我能写一些小说并参与一些文学活动的时候，关于陕西作家和作品的议论，就成为几乎所有关涉创作的各种形式的活动里最重要的话题，一直延续几十年。直到现在，在专题集会里，在报纸刊物电视等大众媒体上，乃至作家朋友之间的茶棚饭桌的闲谈之中，依然以丝毫不减的热切浓厚的兴趣讨论着。话题的核心常常集中到一点，陕西作家的作品，在中国当代文学总体格局中的位置，与别的地域最具代表性的作家和他们的作品比照，优长何在，弱点在哪儿？这个最被关注的话题的种种观点和看法中，常常牵涉到新中国成立以来陕西两代最具代表性的作家和他们的作品。前者是写乡村题材的柳青和王汶石，写战争和工业题材的杜鹏程，写诗歌和散文的胡征、魏钢焰和李若冰等作家；后者自然是新时期崛起于当代文坛，以路遥、贾平凹为代表的一个人数颇为整齐雄壮的作家群。尤其是新时期形成的这个群体的许多作家和他们的作品，近30年来一直在陕西文学圈子内和广大读者群里探讨着议论着（且不说除陕西地域之外的当代文坛的作家、评论家和读者的评价和议论），甚至从他们的处女作和发轫之作开始，一直被关注被讨论到现在。除某个较为极端的一竿子扫光的观点且不论，总体来看，正是这种讨论和议论所酿造的颇为神圣的文学气场和文学氛围，把这个群体中的一批作家提升、推进到中国当代文学的大格局当中，甚为耀眼。应该说，17年里的柳青、杜鹏程、王汶石、魏钢焰、李若冰和新时期以来的路遥、贾平凹等为代表的一批作家的创作，成为中国当代文学的一个重要组成部分，也成为不同时期不同的读者群里被广泛传诵的作品，当是陕西文学颇可骄傲的事。

关于新时期以来陕西作家群的小说作品的总体印象，似乎都在说着一个共性太多的问题。从表面看来似乎不无道理，诸如多以农村生活为写作选材，都在关注当代生活进程中的农民命运，大多都在追求一种生活演变中作品思想的深刻性，艺术上绝大多数也都遵奉着现实主义，语言上都弥漫着秦地方言的浓厚色彩。说到这个共性的负面，主要表现在视野狭窄，手法陈旧等。

如果说这些看法在20世纪70年代末到80年代初还比较切合当时刚刚形成的这些青年作家作品的实际，那么，20世纪80年代中期以后，这个群体作家的作品风貌就很难用上述的共性来概括了，无论从哪一个角度去看，都很难把任何两个作家（更不要说一群）拢在一起论说共性了。就是说，他们各自已经完成或者说基本奠定了艺术的个性化特质。我亲眼目睹也切身经历了那个自觉而又迫切地逃离共性的过程。路遥的《平凡的世界》和贾平凹几乎同期创作的《浮躁》，其艺术气象、艺术风貌各成一景，更不用说后来的《废都》《高老庄》了。我是清楚地看见这个群体的一批作家不断地实现各自的艺术探索和艺术突破，以鲜明的艺术个性闪耀在当代文坛上。稍后的年龄更轻的几位作家，一经出现在文坛上，就以其别具一格的艺术个性令人刮目相看，杨争光、叶广芩、红柯、冯积岐、爱琴海等，很难在他们那里归结出共性来。中外古今的文学史有一点十分严峻也极富启示性，即个性化的艺术形态，既是作家成熟的重要标志之一，也是作品存活于世的关键之一。从这个角度说来，其实也属通常的法则的意义上说，我向前辈陕西作家和当代正活跃着创造着的作家表示钦敬。

《陕西作家五十年——优秀小说选》和《陕西作家五十

年——优秀散文选》,收编了陕西50年来两代作家的代表作,读者既可以比较出同代作家的显明的艺术特质,也可以看出差异更大的两代作家各自难以归纳共性更难以混同的独立风景,起码不会轻率地统而论其共性了。

陕西学前师范学院"文道"高端学术论坛对话陈忠实

田金长（中文系主任、教授）：

我谨代表中文系对陈忠实先生的到来表示最热烈的欢迎和最诚挚的感谢，对各位来宾、各位老师和同学们表示热烈的欢迎。

陈忠实：

很高兴来到这里，小说创作的原始目的就是写给读者，我很关注普通读者对作品的反映，今天主要和大家一起对作品进行讨论互动，完成一次文学的交流。

孙立盎（中文系副主任、当代文学研究所所长）：

作为陕西省一所高校的中文系，本土作家研究一直是我系师生学术研究的重点内容。为此，在田主任的指导下，在学院相关部门的支持下，我们成立了"当代陕西文学研究所"，主要致力于对当代陕西作家及其创作进行个案探讨和整体性研究。在所里全体教师的共同努力下，我们已经取得了不少研究成果，包括研究论文、课题和研究专著等，当然这其中不少是以您和您的作品为研究对象的，大家对您和您的创作确实有许多思考。今天借此机会，我作为研究所的所长，代表研究所，想先请教您一个问题，也算是抛砖引玉吧。

从作品中能够看出，您对中国传统文化，尤其是儒家文化还是相当持重的，比如在您的大作《白鹿原》中反复提到家法、族规、乡约等，它们形成了一套完整的体系，曾经在宗族社会中发挥了很大作用。但是，在现代法治社会中，尤其是当今世界一体化的进程中，如何理解传统儒家文化的齐家治国理念，它对现代社会的作用和意义在哪里？谢谢！

陈忠实：

我对传统文化未做专门的研究，仅是一般的关注。在我的生活中，对传统文化的了解，分为两个阶段：第一是从小生活在村子里，就受到儒家文化的影响，这是潜意识的影响；第二是后来创作时，才有意识地思考儒家文化的影响和传播等问题。

在我还未上学在家的时候，村子里就有规范，例如走亲戚，红白喜事时，孩子们都有一定的行为规范；在坐席夹菜时，一定要从菜根上夹起，不能从菜尖上夹等。对于这些规范，父亲会对我亲自指教，这实际上是受关中理学的影响，其实是儒家文化的影响，渗透着一些儒家文化。后来在写作准备时，在蓝田县查县志，总共20多卷的县志中《贞妇烈女》就占了四五本，事迹大同小异。就在挪开的瞬间，我想，这些女人用活泼的生命，经过了漫长的残酷的煎熬，才换取了在县志上几厘米长的位置，因此，我要写活一个纯粹出于人性本能的抗争者和叛逆者。这就是田小娥最初的形象。

在蓝田查阅县志时，看到其中记载了宋代进士吕大临撰写的"乡约"，感觉到"乡约"的震撼作用，它是族长教化村民、本族子孙的教本。我一直在思考儒家理念是如何教化乡民的，在"乡约"中我发现了答案。"乡约"通过对文盲无知进行规范，同时以"乡约"为契机，我找到了揭秘关中人心理结构形态的密码。后来在我读余秋雨的《人的心理结构》时，我找到了解析人的心理结构的密码，发现人与人根本差异在文化心理差异，因此也理解了中国人与外国人之间互相不理解的原因。20世纪（民国初期），中国人心理文化结构发生很大变化，以儒家思想聚集的关中人的文化心理形态是一种怎样的状态，它其实是从旧的封建文化形态中剥离形成的一种新的文化形态。

关中人负载多,受儒家思想影响较深。关中地区无歌舞无民歌,而陕南陕北地区民歌发达,情感表达大胆热烈。关中只有秦腔,而秦腔是很规范的戏词,因为关中人心理结构中儒家思想是通过"乡约"普及到人的心中,是庄重而正统的,所以没有所谓的"艳曲"。

赵录旺(中文系副教授、文艺理论教研室主任):

最近莫言获得诺贝尔文学奖,莫言的模仿功能比较强,在写作中受大量外国作品的影响,如把魔幻现实主义融入作品中。很多人都认为《白鹿原》中有大量的中国元素,而魔幻现实主义的运用是最本色的。请问我们在吸收和学习西方现代主义和后现代主义文学时,应注意什么问题?您在创作中是如何处理其作品与西方文学的关系的?

陈忠实:

我是最早的《百年孤独》的读者,对我影响最大的是魔幻现实主义的创始人古巴作家卡彭铁尔。最初他在欧洲被称为"神奇的现实主义",后又被重新定义为"魔幻现实主义"。我的想法是一种文学流派未必适合所有作家,作家的生命体验不同,也可能会用多种表现手法来传达。面对我们的国家、民族、关中,尤其是关中农村的现实,使我产生了对1949年以前的生活轨迹研究的动机。我个人认为我的作品《白鹿原》不是魔幻，魔幻是拉美人生存形态的一种理念。我们这儿没有魔幻，只有鬼神，鬼比神影响大，对神无恐惧感，对鬼极为恐惧，小说中所谓的魔幻是"鬼魂说"，我是受魔幻的启发，把我们的鬼事和人的精神心理相结合，从心理文化层面表达出来。

韩承红（中文系教授、语言教研室主任）：

感谢您对陕西地域文化的传播，我特别关注您作品中的方言问题，然后我注意到在您的创作过程中，前期方言使用量很多，中间一段时间有所减少，到《白鹿原》方言使用更多，请问您是如何调动使用方言的？在方言词汇的使用上有什么困惑吗？

陈忠实：

我最早读赵树理的小说，发现他作品中的人物有绰号，也有方言，初学写作时就模仿他。后来在创作过程中，其实更多地意识到方言的正面作用和负面作用，尤其是一些生僻的方言词汇，有时用到作品中会起到一定的副作用，这就给非方言区的读者造成一定的阅读障碍。在写作《白鹿原》时，我就在思考能不能让外省人也能通过文字揣摩出方言的基本意思，如果可以就用，如果不行就不用。后来证明这是可行的。在日文翻译中，译者不明白的方言词汇只有几个。

《白鹿原》用的是叙述语言，不是描述语言，在叙述语言中，添加一些方言，然后与文学语言一起形成和谐的句式，会增加文学语言的弹性、硬度、张力和生动性。

王耀辉（外语系主任、教授）：

对初学写作者来说，往往会有两个困惑：第一，作品中的反面人物一般也有原型，如何考虑作品出来后原型的心理感受，在这方面，您创作中有什么忌讳吗？第二，小说框架确定后，是不是细节填充是小说创作的主要方面？

陈忠实：

在塑造反面人物时，尽量把生活中的人物艺术化、虚化，把人的心理和品质通过你编织的情节表现出来即可，就像阿Q，我自己也会认为我身上有他的特点，但我并不是他。

创作中，有时因细节而延伸故事，用富有个性化的细节启发作家的创作情感。也有在故事框架中来充实细节，很多细节来自作家的生活积累、生活经验。例如《白鹿原》中关于朱先生的坟墓的描写，就是我在生活中挖掘到的一个细节。

邓辉（2012级汉语言文学本科学生）：
请问您对当代大学生的成长和价值取向有何忠告？

陈忠实：

在比较复杂的生活世相面前，当代大学生应能进行独立思考，进行交流；多读一点书，确立自己对生活和价值的判断。

面对多维社会世相，要做出自己的选择，不要怕选择错误，在很多情况下，有的错误很难避免，但它是你成长的财富。

田程程（2012级汉语言文学本科学生）：
您的短篇小说《日子》，我很喜爱，读起来很愉悦，请问这种愉悦的心理机制是如何产生的？

陈忠实：
很高兴你能喜欢这部作品，应该说你对作品产生了共鸣，所以会感到愉悦。

高亚娟（2012级汉语言文学本科学生）：
在长篇小说创作中，如何把握节奏？如何安排结构？

陈忠实：
小说结构是个大话题，每个作家面对作品都会遇到结构问题，每部作品的结构形态都不一样，不可能有人给你提供一个现成的结构，这是作家自己的事情。一部长篇小说，如果找不到一个合理的结构，就像一串去了骨头的猪肉，因此，结构必须自己去找。

王兵（中文系教授、中国现当代文学教研室主任）：
感谢您对中国近现代历史做出了艺术化的书写。中国近现代历史是继春秋战国之后又一个"礼崩乐坏"的时代，就是所谓"乱世"，您不仅写出了这一乱世所呈现的战争饥荒，更写出了文化崩溃与文化冲突。其实新中国成立以来，许多作家都试图表达这一时代，相比之下，您的书写更为真实、丰富、深厚。究其原因，我想此前作家是试图为这一时代定性，做出审判和结论，而您一方面表达了对这一历史超越时代和主流文化的发现，另一方面也表达了对这一历史的困惑和思考，这体现了作家自信与谦逊的品格。作家只有拥有自信，才能持守独具的思想；只有谦逊，才能发现生活的丰富性和复杂性，这是创作成功的要素。不知您是否同意这一看法？

陈忠实：

对于近代史，很多作品受"阶级斗争理念"和"文艺理念"的影响，限制了作家形象化的描写。柳青《创业史》，浩然《艳阳天》《金光大道》等作品，人物群像都有类型化倾向，改革开放后，戒律打破，出现真正文学意义上的作品。而我恰好赶上了文艺复兴的新时代，于是发挥个人独特体验，形成自己的作品。可见艺术都是以"个性化"而存在的。

王一婷（2012级汉语言文学本科学生）：
您是普通人，也是作家，对您影响最大的人是谁？

陈忠实：

对我产生很大影响的人不是一个，是很多个人。在创作上，影响最大的人是赵树理。在学生时代，我的一个老师对我的影响很大。我认为所谓"天才"，就是物质化为"一根神经"的人，不怕失败，有一根对某些事物敏感的神经。

民间关中

打开中国历史教科书，便打开了关中。便走进关中。便陷入关中。在历史的烟云里走了几千年，仍然走不出关中。

我从蓝田猿人快活过的公王岭顺灞河而下不过50余公里，便踏入姊妹河浐水边上半坡母系氏族聚居的村落，大约一个小时就走过了人类进化几十万年漫长的历程。我以素心净怀跪拜在人文始祖黄帝陵前的时候，顿然发现开启一个民族智慧灵光的祖先仅仅拥有如此少的一掬黄土。面对周人精美绝伦的青铜制品，无法想象一个火炉如何冶炼得出如此复杂深奥的化学命题。作为周、秦、汉、唐等13个王朝首都的长安不说也罢，单是东府一个小小的骊山，便可当作一部鲜活的历史来反复咀嚼。

火山骊山窒息死灭之后在山脚留下一汪上好的温泉。这股温泉不经意间浸润了一个民族的历史教科书。戏弄了诸侯也戏弄了周王朝的骊山上的烽火台尚未火熄烟散，始皇帝就在山脚下修筑地下宫殿以及陶制的禁卫军方阵。短命的秦王朝的惨痛教训，丝毫也不妨碍近在咫尺的温泉里君王和贵妃的人生快活，压根不知百余里外的马嵬坡等待他们演出生死别离的一幕。恰是在这个烽火台下秦皇陵侧与残留着贵妃凝脂的汤池窗户斜对的五间厅里，蒋介石带着温泉的余热慌不择路逃到山坡上，隐伏在北方寒夜的冰冷如铁的一个凹坑里。这一夜的这一声枪响便注定了他13年后逃亡海上的结局。那个隐藏过他的山上石隙里的凹坑，却成为中国现代历史完成转折的一个关键性符号。毛泽东曾经说过："历史的经验值得注意。"以上几位在骊山下在温泉里演绎过兴亡故事的角色，似乎谁也没有在得意的时候"注意"到前者在同一地点发生过的"历史经验"。今天，当世界各地的男女涌到骊山下来游逛的时候，未必一定要去"注意""历史的经验"，却也不至于发出"都有温泉惹的祸"的戏言吧！

一个古老民族的大半部文明史是在关中这块土地上完成的。历史教科书提供的资料，无以数计的遍布地表和地下的历史遗存，无论怎样详实怎样铁定的确凿，却都不可避免时空的隔膜和岁月的阴冷。即如唐墓壁画的女人如何生动艳丽，即如兵马俑的雕像如何栩栩如生，你总也感受不到一缕鲜活。当这些主宰着历史的统治者贪婪一池温泉醉生梦死的时候，关中民间的生活秩序和生活形态是怎样一幅图景？教科书和遗存中几乎无存，我只能看到生活演进到20世纪几十年来关中农村和农民的生活形态。在最近十余年来中国的城市和乡村以前所未有的真实的高速度发展的时候，更多地保存着体现着原有的生活图景生活习俗生产方式或正在加速消亡，更多地浸淫着思想文化以及由此透见的关中人心理形态的戏曲、演唱、歌谣、婚丧礼仪等，都在加剧着变化，加剧着消亡。我在儿时甚至延续到青年时代的许多如牛拉的石磨石碾一类东西早已停转了，即使今天乡村的孩子也不可理解麦子怎样经过石磨变成了面粉。

摄影家胡武功先生无疑是最早敏感到生活的这种变化的先觉者。几十年来追踪生活骤烈的和细微的种种变化，把新与旧的交替留在了自己的心灵底片上。在基本普及了机械收割和脱粒的关中乡村，《光场》的场面已经稀少难见，而这仅仅在十余年前小麦收割上场之前还是遍布关中乡村的生产图像。《麦客》里的麦客也正在消失，这个汉子挥舞镰刀的姿态定格为一个历史的雕像。我可以听见钐断麦秆的脆响，可以感觉到镰刀下卷起的风和微笑，犍牛一样韧劲的脖颈和刀刻一般的口鼻，比任何舞蹈家苦练的舞姿都优美百倍，比任何雕塑大师的金牌雕像都要震撼我心，一种生活原型的自然美是无法取代难以复制的。即将出场的《社火》，梳妆完整只待出门的《新娘》，我在看到一缕羞涩掩饰不住的欣喜的同时，似乎能感知到心跳。《皮影》的幕后操作的架势，《哭坟》里儿女的痛心裂肺的表征，都使我直接感知到生活真实的运行形态，也一次又一次感到真实生动的艺术力量的撞击。

沉重的体力劳动为主的关中乡村生产生活方式正在加剧变化，带有浓厚的地域特质和周秦汉唐文化色彩的民间文化也在悄悄发生变化。从秦代一路犁过来的铁犁终止在小型拖拉机前。被农民挥舞了几千年的长柄镰刀被收割机械代替了。大襟宽裆的衣裤已经被各色流行服装替换。电视把乡村传统的社火、戏曲、木偶、皮影毫不留情地排挤到冷寂的角落,甚至改变着年轻一代的语言习惯。这是一种进步,一种胜利,一种新的文明的生产方式和生活方式。然而,我还是动情于那种替代过程中的差异,一种习惯了的又必须舍弃的依恋,一种交织着痛苦也浸润着温馨的情愫。

敏感而先觉的胡武功朋友,许多年来专心致志于关中乡村的这种生活演变,捕捉到了堪称历史性的告别的生活画面,使我真切地感受到今天民间关中的生产形态和生活形态,感受到在周秦汉唐的古老土地上生活着的关中人的心理形态;肯定为未来的史学家民俗学家包括作家艺术家了解两个世纪交接时代的民间关中,提供了一幅幅最可依赖的原生资料。

我便说,胡武功不仅是敏锐而先觉的摄影家,更是一位富于历史眼光和人文意识的思想者。

尴尬

我的宿办合一的住屋的门框上贴着一副白纸对联，内容选用毛泽东的诗章中的摘句：借问瘟君欲何往，纸船明烛照天烧。眉批为：送瘟神。门框右上角吊着一只灯笼，也是白纸糊的。乡间通常是在死了人过白事时才用白纸写对联，那种用白纸糊的灯笼也是专门接灵送鬼的引路灯。自从被大人操纵着的孩子们用这些东西装饰了我的门面儿的那一刻起，我便立刻意识到我死了。我已从轰轰烈烈的人世进入阴气逼人的冥冥之域，成为冥国鬼城的一个小鬼了。

那年我24岁。

我完了。我已经无数次地重复过这种自我判断。完了自然首先是指政治上完了，那时候的社会准则和生活法尺都是以政治为"纲"的，"纲"完了"目"还能张么？作为"目"的文学理想也完了。那时候我刚刚发表过七八篇散文习作，即使这样短促的夭折也都由痛苦的承受转变为乖顺的接受了。然而这阴纸对联和鬼灯整上我的房门，我发觉我原以为完了死了而沉寂的心确凿地又惶惶起来，每一次进门和出门看见这两样丧气鬼氛的东西心里就发怵,都要经受一次心灵的折磨,都在无时无刻昭示着你是鬼而不是人了。我才明白死了的自己还要一张脸,还会尴尬和难堪。

我到现在也搞不明白,我的那样穷困的家庭环境,怎么会给予我如此根深蒂固的爱面子的心理。我期望那些东西尽快烂掉,然而这房子却是雨淋不着风也吹不到的小套间,那些作为冥国鬼域标志的装饰物竟然保存了三个月之久。三个月里,我一日不下八次地接受它对我的心灵的警示和对脸皮的磨砺。

我最怕熟人朋友来看我,结果是最令我尴尬的姐姐和表妹先后都来光顾了。姐姐随姐夫20世纪50年代初去青海支援建设,借了"文革"可以不上班的天赐良机第一次省亲。表妹在新疆上大学为节约路费两年都不敢回乡,逮着可以免费乘车免费吃喝的机会如愿以偿回家乡来了,自然是以革命和造反的堂皇名义归来的。姐姐引着我的小外甥进入房子,那个以调皮捣蛋而出名的小家伙一直抱着我姐姐的腰不敢松手,肯定是在进入房门瞧见鬼物而想到这是阎罗统治下的鬼魅世界了。表妹曾经和我在同一个教室里念初中,她的到来更使我自惭形秽而无地自容。她以一个大学生的昂然享受着免费旅游(串联)的革命优惠,我却已走到生命的尽头……在文化水平上姐姐和表妹尽管构成了高低两极,劝慰我的话却是惊人的一致:"想开点儿,你看看刘少奇刘澜涛都给斗了游了,咱们算啥?"

刘少奇作为国家的象征,刘澜涛则是西北地区的领导人,我过去把他们的著作和讲话稿反复学习过,他们现在却成为我落难后应该活下去的一个参照了。然而我依然对自己万分痛心万分悲伤,我不能再写文章更不敢再投稿了,我还活什么呢?

我后来才充分意识到这人生第一次的大尴尬对我的决定性好处。不单是脸皮磨厚了,不单是心理承受挫折的能力增强了,恰恰是作为一个企图反映社会的文学理想所不可或缺的生命体验。生命体验显然不应混同于生活体验。这种生命体验是任何哲学或政治教科书所不能给予我的。如果从个人意愿和自觉性上来讲,我肯定不会自愿选择那种毁灭性的尴尬,然而生活却把我强迫性地踢到那个尴尬的旮旯里,强迫我接受人生的这种炼狱式的洗礼。更值得庆幸的,是在我刚刚步入社会而且比较风顺的24岁时。当我后来逃脱尴尬而确信自己并没有完的时候,第一次生命体验便完成了。

后来,用马尔科斯的叙述程式可以说成是多年以后,我又陷入一种人生的大尴尬,我充分而又清醒地能够对自己的过失做出判断,便不像头一次那么慌乱,那么懊悔,那么简单地以为就完了,而能够保持一种沉静的心境,而且能够对自己说,完不完全在自己。尽管是一种清醒的沉静,仍然避免不了在一些特定场合的尴尬,我也清楚这种根深蒂固的爱面皮的痼疾依然附着我。两次大尴尬的经历之后,我完成了这一面和那一面的不同的生命体验,自家的直接体会就是,得按自己的心之所思去说自己的话去做自己的事了。不然——

便不说,更不做。

关于饥饿

任世德生长在号称米粮川的关中平原的兴平县。这块属于俗称白菜心的富庶之地，大约在史称"三年困难时期"之前的20世纪50年代，贫穷尽管贫穷，一般农家粗粮淡饭还是可以吃饱肚子的，然而白面和肉食却是稀罕物。作品写到尚未完全成年的任世德被招进一家国营大厂，第一顿午餐看见白生生的大米饭和管饱吃的肉菜，那个惊讶，那个贪馋，读来令人动情伤感。这何止是任世德一个人的特殊感觉，而是包括我在内的，一个时代的农村孩子的共同经历。还有一处细节，写进入"三年困难时期"又回到乡村当了农民的任世德，不仅再不能享受工厂食堂的白米细面和肉菜，在农村里真正体验了饥饿，连少年时代的粗粮也不管饱了。他去参军，临走时母亲瞒着弟弟塞给他一块油渣。油渣是关中农村用棉籽榨过油后的渣子，通常是用来给瓜果和棉花作为肥料用的。现在，油渣成了上等食品，不是随便可以享受得到的吃食了，因为他要参军上路远行边关，母亲才把藏匿许久的这一块油渣塞给他,作为干粮,而又是瞒过弟弟偷偷塞给他的。到部队集合地点报到时,他领到了一个大白馒头和一碗有肉块的菜,来送行的弟弟和他一样傻眼了。任世德此时才掏出那块油渣,和弟弟一块就着肉菜享用了,把那个半斤重的白面馒头,让弟弟拿回家去给母亲。我读至此,便泪眼模糊,读不下去了。

贫穷和饥饿,曾经是我们生存的土壤,很长一段时期煎熬着我们的身体和心灵,留给任世德和我这一代人至死也无法忘记的记忆。每有触及,便在眼前浮荡起来,便在心里引起回响,便牵动人情感世界里最脆弱的那一根神经。

令我感动钦佩的是,在贫穷和饥饿的煎熬中,任世德默默地承受着,显示着巨大的承受力。尤其是在后来的农场里,他忍受着饥饿,却顽强地创造着解除或减轻饥饿的果实,真可以说是惊天地而泣鬼神的。他没有逃避,也没有放松自己做人的尺码,保持了一个汉子的道德和操守。而我们常见的现象是,在这样的困境的压迫下,有人放纵自己以致堕落。困难和饥饿煎熬的过程,恰恰是任世德成长的过程。他踏过了泥泞,也学习了文化,反而在精神上比任何时候都富有都强大了。人的价值的升华或贬损,往往就在那个很难熬的过程中自然区分开来。

再令我感动钦佩的是,现在已经不再贫穷的任世德对待金钱的态度。他在经营一家广告公司的过程中,突显出思维的超前性和经营的才能,加之他的诚实和信用,广告公司的经济效益颇丰厚。然而在他的生活中，仍然动情于一碗蒜水蘸面片，简单而又可口，没有时下某些大款挥霍摆阔的做派。可任世德又绝不吝啬，仍然保持着一个善良人真诚的同情心，每每遇到或听到自己过去的同事（有下级也有上级）遭遇不幸和困难，不管这些人与自己的关系远近亲疏，都会送去一份心意，几百元到千元不等。不单是现在他的广告公司获利时，即使原先做普通干部拿固定工资时也是如此。人的品质中的正直和善良是孪生的，没有正直就没有善良，正直本身隐含着真正的而不是虚伪的善良。正直和善良是一个人品质和精神的基石，不受社会地位和经济状况的左右，若受到这些因素左右了，正直和善良的色泽就会消失。当人们普遍叹惋商品利益冲淡了人际间的同情心的时候，作为普通人的任世德，依然守护着自己心灵世界的道德家园，体现出作为一个人的健全健康的人格。

互相拥挤，志在天空

令文学界瞩目的第二届鲁迅文学奖落锤定音，七种文学体裁的35部（篇）作品（每种五部、篇）荣获殊荣。消息在媒体上公开，作为文学界中人，我自然关注每种文学体裁里评出了哪位作家的哪部（篇）佳作，尤为关心的是陕西有哪位作家的哪部（篇）作品折桂。令我惊喜的是，叶广芩的中篇小说《梦也何曾到谢桥》名列五部获奖中篇小说的榜首，红柯的短篇小说《吹牛》位列五篇获奖的短篇小说之中，真是令人备感鼓舞。联想到1998年春首届鲁迅文学奖陕西获奖的刘成章的散文集《羊想云彩》和冷梦的长篇纪实文学《黄河大移民》，陕西就有一老二中一青的两男两女四位作家在四种文学体裁里荣获此项最高级国家文学奖（另三种文学体裁为诗歌、评论、翻译作品），确实显示了陕西作家的创作实力之一斑。我为他们的创作成就致以钦佩之意。

毋庸讳言，对待多项文学评奖，尤其是国家级的几项文学大奖的态度，有如我对足球的态度相类同。在人类远远尚未实现地球村之前，我是一个国家主义者、民族主义者，甚至是一个地方主义者，我盼望中国足球能进入世界杯决赛，并在某一日（尽管遥远无计）夺冠，在陕西我则毫不动摇地支持国力队能在全国足球甲级联赛中取得好名次。同样，我以真诚的态度祝贺中国某位作家在未来的某一年摘取诺贝尔文学奖的桂冠，也期望陕西作家，尤其是尚未取得过国家级文学奖的作家能在茅盾文学奖和鲁迅文学奖的各种奖项中崭露头角。

同样毋庸讳言，我向来不说淡泊名利的话。反之，在一定的场合和相关的文字话题中，我鼓励作家要出名，先出小名，再出大名；先在一个地区出名，再到全省出名，直到全国出名，能在世界出名则更好了；不经过这样的从小到大的过程，能一鸣惊人、誉满天下则再好不过了。一个作家的作品影响到全国，乃至在世界引起反响，我以为这声誉就不仅仅属于作家个人了，而是一个民族、一个国家的财富和荣誉了。比如托尔斯泰之于俄罗斯，巴尔扎克之于法国，海明威之于美国，泰戈尔之于印度，鲁迅之于中国。

如果不是妄作姿态而是诚实面对，文坛本身就是一个名利场。道理再简单不过,作家写作这种职业是最孤清、最辛苦的事,而一旦写出好的作品及至作品流行开来,却是最容易出名的事;一本好小说、一本好诗歌、一篇好散文等,可以跨越省界国界和各种民族的人沟通交流,作家自然就出名了,作家不想出名也身不由己了。记得小时候读《最后一课》和《卖火柴的小女孩》,便永远记住了都德和安徒生,也知道了法国和丹麦。都德和安徒生生前即使怎样声明自己淡泊名利,还是被无以数计的如我一样的学童永不泯灭其名字。我之所以敢在一些场合鼓励出名,就是基于这样的理解和认识。我希望有中国作家包括陕西作家能出大名,大到让世界都能闻其名而赞叹,当是我的国家我的民族我的家乡的大幸。我以为,少一分矫饰为好,以蕴积创造的雄心和勇气。

再说利,作家通过自己的创作劳动得报酬,改善生活和工作条件,以备更好更多地创作作品,是为正道,有什么可指责,有什么可"淡泊"的呢?前些年里,陕西作家路遥和邹志安英年早逝,整个中国文坛在为他们艰苦卓绝的创造性劳动惊叹的同时,也为他们逝世时的欠债而唏嘘叹惋,以至在《文学报》发起了捐助活动。据我所知,和他们同代的陕西这一茬作家的经济状况大都如此。陕西作家的贫穷和他们耐得苦战(杜甫诗句:"况复秦兵耐苦战")的精神同时闻名。耐得苦战不仅是文学创造的普遍精神,亦是人类在一切科学领域里凡有大作为者普遍的心理素质和精神形态。然而,"贫穷不是社会主义",贫穷也不应该是作家永远的生活状态。邹志安从农村搬家到作协家属楼时,没有忘记搬来酸菜缸。要求喝着玉米糁子就着酸菜的作家"淡泊"名利,缺乏人道。

问题的实质仅仅在于,以什么途径和手段去获取名也获得利。我以为,唯一可靠、唯一能够选择的途径就是写作本身。像路遥和贾平凹那样以作品征服读者,也征服评论界,名自然有了;声望越来越高越来越大,作品一版再版,收入也多了。路遥人虽逝世几近十年,读者群却绵延不绝,1998年《文艺报》在首都大专院校作过读者调查,最受大学生喜爱的作品首推《平凡的世界》。路遥的作品选集和文集连续出版,印数颇大,可惜他享受不到一个作家创造劳动的欣慰,也享受不到果实(利)的甘饴了。这里套用鲁迅先生一句话,淡泊名利之说可以缓行。倒是应该警惕那些五花八门的炒作花样,那些遇到评奖便手忙脚乱的隐蔽性动作,应把心劲和智慧用到创作作品、提升作品品位的正道上来。别无选择亦别无遁途或捷径。

据我所知,叶广芩不是一蹴而就一鸣惊人,红柯亦不是一举成名一炮走红。

叶广芩大约20世纪80年代初就发表短篇小说,曾得杜鹏程赏识。记得在20世纪80年代中期《延河》的青年作家专号上,路遥为叶氏的一篇小说写的百余字的点评末尾一句话:"这样的好货往后还能拿出多少?"我随后看到的事实是,叶广芩无声无响了，刊物上见不到作品，文学集会也见不到人影了。直到20世纪90年代初，大约是1993年吧，《延河》又做"陕西作家小说专号"，嘱我写导言，读到了叶广芩新创作的短篇小说《本是同根生》。我忍不住惊喜，问过责任编辑，大家阅读感觉一致，叶广芩已经羽化成蝶了。在我看来，从青虫到化蝶是一个量变到质变的关键性升华。《本是同根生》在编辑部成为一个话题一个兴奋点，随之被各家选刊选载，在文学界和读者中也引起广泛的好评，叶广芩开始在中国文坛立足了。最近几年，可以说是佳作迭出，短篇中篇以及由中篇连缀成的别具一格的长篇小说，在文坛形成一种持续而又稳定的影响。我已经强烈地感觉到叶氏的冲击波了，凡我到外省参加文学会议，总有人向我打听叶广芩的行踪，总有刊物和出版社编辑要我帮助他们向叶广芩约稿。在文坛，自然免不了不同的对叶氏作品的评价。然而，叶广芩只忙创作不大走动更没有炒作活动，都是大家公认的基本事实。头一届鲁迅文学奖评奖，叶广芩一部中篇仅少一票而落选，实际上已水到渠成呼之欲出。近几年来，我见到过的几位评委谈到此事，亦为叶广芩遗憾，我也遗憾。这次终于评定了，终于使大家的遗憾得以补偿。我在为《延河》写的那篇导言中说过"还是酒好不怕巷子深"的话，我现在仍然信守此理。同样可以告慰路遥的是，叶广芩的"好货"已经拿出来不少了，还有更好的"货"正在酿制中。

红柯是最具年龄优势的青年作家，不过30出头，创作历史却不浅短，发作品也较早，只是影响尚未形成。后来出人意料地远走新疆奎屯，感受大漠和草原，一蹲就是十年，潜心艺术领悟。再返陕西宝鸡时，作品已经在当代文坛造成一方奇异的风景。当我晓知红柯时，已经是红柯的中短篇小说开始闹红《人民文学》以及《小说选刊》《小说月报》的时候，其时他已返回宝鸡。我见红柯第一面时颇为惊奇，他的头发是自来卷，眼仁呈黄色，胡楂亦粗硬，调笑说该不会连种系也在新疆被感染了混淆了。冯牧文学奖初设，只评一位青年小说作家，便选中了红柯。朋友从北京给我打来电话报知此讯，我禁不住从家里到办公室一路上见人便报告喜讯，这确实太不容易了。

　　今年的鲁迅文学奖的各项奖更不容易。为了不断提升这个国家级大奖的档次和质量，中国作协听取各方意见，将七种文学体裁的奖数压缩到五部（篇），比首届几乎少了一半。单以中短篇小说为例，各省市和各行业作协每种各推荐三部（篇），就有170余部（篇），而且是从近四年以来各报纸刊物上数以千万计的中短篇小说中挑选出来的，想想这五篇获奖的中篇和短篇小说要经过多少道粗筛细筛的筛选，要经过多少口味不同的评家评头论足的说道和挑剔！我因此而为叶广芩和红柯骄傲。因为确实太不容易了。因为我仍不能忘记我在他们这个年龄时的艺术追求和心理冲突的种种。

没有获奖的，未必都是成色差的。就我的记忆，近十年来陕西有几位作家的中篇和短篇曾名噪一时，至今仍被读者所乐道。随便举几篇如高建群的《遥远的白房子》、爱琴海的《神秘的玄武岩》、王观胜的《纵马天山》、冯积岐的《我的农民父亲和母亲》、贾平凹的《黑氏》、张虹的《雷瓶儿》等。这些作品一经见刊，就引起较大反响，被各家选刊选载，被各种刊物评奖评中，或被收入本年度全国最佳小说选本。其中大多数发表于全国中短篇小说评奖停顿的近十年里，可谓生不逢时，错过了完全可能的评奖机运。然而作品的魅力至今仍被读者咀嚼着。

写到这里，我想起新时期开初几年，我在西安郊区文化馆时，上属西安市文联领导。市文联为促进西安地区刚刚冒出的十余个青年作者的发展，成立了一个完全是业余、完全是民间的文学社团，叫作"群木"文学社，由贾平凹任社长，我任副社长。记得由贾平凹起草的"社旨"里，有一句话至今犹未忘记：互相拥挤，志在天空。在我体味，互相拥挤就是互相促进互相竞争，不是互相倾轧互相吐唾沫儿。道理再明白、再简单不过，任何企望发粗长壮的树木，其出路都在天空。中国当代文学的天空多大呀，陕西和西安当代文学的天空也够广阔的了，能容得下所有有才气、有志向的青年作家，要把眼光放开到天空去。天空是既能容纳杨树柳树吸收阳光造成自己的风景，也能容纳槐树椿树吸收阳光造成另一

_101

番完全不同的景致。20年过去,"群木"文学社早已解体,我却记着这条"社旨"。

我从叶广芩和红柯的获奖和平素的行状里,也感知到了这个道理。

惹眼的《秦之声》

我确实喜欢秦腔，却不入迷，自酌远远不到戏迷的程度，更不及对足球的痴迷。然而却真实地喜欢着，且一如既往。如以时间论，秦腔是我平生看过的所有剧种中的第一个剧种；如以选择论，几十年过去，新老剧种或多或少都见识过一些，最后归结性的选择还是秦腔，或者说秦腔在我的关于戏剧欣赏的选择里，是不可动摇的。然而只是喜欢，尚不到入迷的程度。喜欢着秦腔，也就关注着秦腔；关注着秦腔的最明显的标志，自然属于陕西电视台既誉满三秦亦花香墙外的《秦之声》了。

就我粗疏的印象而言，新时期以来陕西电视台的无以数计的专栏里，《秦之声》是出台最早也最为惹眼的专栏之一，可谓经久不衰，不厌不腻，而且是历久而愈显风光，愈被观众乐道的一个专栏。毫不夸张地说，业已成为许多观众，尤其是乡村观众精神生活里不可或缺的一道风景。同样毫不夸张地说，当是陕西电视台名目繁多的专栏中的一块"名牌"。

十多年来，随着改革的发展和经济的繁荣，文化娱乐的途径和手段日渐丰富，说是令人眼花缭乱也不过分。在诸多的娱乐方式中，对城乡群众起主导作用的是电视的逐年普及。可以说，电视已成为几乎所有家庭最基本的文化设施，对家庭和个人的直接影响是全方位的。它的好处无须赘论，它的威胁大约从它在我们的生活中开始出现就带来了，随着电视机从城市到乡村的逐渐普及，这种威胁日渐强劲，最终把包括国剧在内的所有传统剧种都从舞台上撵跑了，连电影院的电影放映业也频告生存危机。于是，全国人民都在自发呼吁抢救国剧，各个地域的人民也都不约而同地发出抢救地方剧种的呼声，喜欢秦腔的陕人早就为秦腔的生存和发展大声疾呼了。民间呼声一高，政府也很敏锐，便有"振兴秦腔"的专门政府机构设立，为秦人不可断饮的文化清流献计设策，其精神和干劲都是很令我钦敬的。然时至今日，专演秦腔的数家剧院几乎终年冷清，据说许多享誉三秦、有口皆碑的名角也到秦腔茶社里表演去了（秦腔茶社作为一种新的演出形式，可待观察）。在这样的情势下，《秦之声》现象不仅值得珍贵和珍视，其经验更值得研究探讨。

在我看来，《秦之声》的创意者和实践者的过人之处或超前之处，在于较早地把住了娱乐文化发展的脉搏，就把威胁剧院和影院的电视这个"恶物"自身的巨大优点抓住了。《秦之声》的创立和播出,把跑剧院的秦腔迷和在乡村戏楼下的"社戏"迷们安顿得舒舒服服熨熨帖帖,坐着沙发或火炕,品着香茶嚼着水果抽着烟卷,看那些包括逝去的秦腔老名牌新名牌以及崭露头角的新秀们的风采;更难得的是,那些活跃在机关、课堂、车间、菜园和田畴上的干部、教员、工人、农民以及肩章闪耀的军官,都借"机"走向观众。想想看,即使十家专业演出秦腔的剧场场场爆满,即使逢年过节才演一回的乡村戏楼前人山人海,也无法与《秦之声》播放时的观众数目相比较。于是我便妄自断言——

——《秦之声》以超前的现代眼光抓住了现代文明发展的潮头和走向,不失时机地找到了发展传统文化(秦腔)的最好契机和最佳方式。

——《秦之声》多年来的实绩,消除了包括我在内的秦腔爱好者的隐忧,表面上冷落的剧场并不表明秦腔这个剧种的过时或濒临厄运,而仅仅只是观赏方式的转变。在剧场看戏要跑路、要购票,而且不能抽烟,有诸多的不自在,在电视机前坐在家里就优越多了,坐下看躺下看喝着茶看抽着烟看,这种小自由任随性情。因此我就可以断言,《秦之声》对秦腔的普及和传播,可能比任何时候都更深远。换一句话说,秦腔这个独具魅力的、传统的、无可替代的剧种,终于找到了一个发展自己解决生存的最佳渠道。

《秦之声》既誉满三秦又花香墙外就说明了一切。它的主创者的功劳当蕴含在秦腔观众的记忆里，当记在陕西地域文化发展的功臣碑上。

近日看了新版《秦之声》，耳目又是一新。新的栏目令人目不暇接，别开生面，从原来较为一律的以演唱为主的场面，进步为比较活泼多样的特色板块。戏曲小品的切入，融会了传统的正角反演为丑角的"耍戏"类的优点，又是反映现实生活与时俱进的"戏曲小品"，平添了轻松活泼的气氛，也感受到现实生活的新鲜气息。《戏迷说戏》板块颇见创建者的足智多谋和良苦用心。对于一般戏迷来说，大多是关注剧情，品赏唱腔为主，而一些程式化规范化的曲牌名称，有专指意义的表演动作，以及角色名称，乐器名称和用途，对观众尤其是青年观众起到普及戏曲知识的良好作用，既可提升观众的欣赏品位，也可以培养新戏迷的兴趣，这无疑是为秦腔流传和发展培育土壤。《经典欣赏》当然属重量级板块。说到底，观众守候《秦之声》，还是想听想看一些经典剧目的片断，这是百饮不厌的美酒，是戏迷们过戏瘾的关键一盏。这一栏目的设置，可谓把准了戏迷的戏脉。《戏迷大叫板》的设置，为那些难得登台机缘的业余唱家提供了一个显示的良机，更活泼更有竞争比拼的悬念了。

这是我看到新创版《秦之声》的第一印象，总体上是欣然而又鼓舞的。有些板块中的剧目的选择，当更富品位，宁缺毋滥，万不能迁就。板块之间转换的环节还需更缜密、更细腻，包括主持人的语言衔接、语言智慧的提升。包括我这样的观众,说到底有如食客,总是希望看得眼热耳顺心里滋润,要求也是期盼。

我最为感佩的是,《秦之声》的操作者们没有为声誉和功劳所沉迷,依然清醒地继续着振兴秦腔事业,用心良苦地重构这块文化名牌,使其更趋向观众的新的审美需求,同时也提升戏迷的欣赏品位。在新的一年到来时,我在对他们富于创造性的工作和献身秦腔艺术的精神表示敬重的同时,也向他们道一声新年的祝福。

生命的审视和哲思

一

初知李汉荣，确应了俗话说的未见其人先闻其声，而且是令我惊乍又惊喜的如雷贯耳的宏声。

前年省作协搞诗歌评奖，全省评出十本优秀诗集，应该是陕西50年来健在着的新老诗人的代表作。评委会又从十本诗集里评出一部最佳作品，是李汉荣的《驶往星空》。评委会把这个评选结果告诉我时，加重语气强调了评出李汉荣的《驶往星空》为本届最佳作品是一致推举。既为一致，就是评委们英雄所见略同，没有异议而一致看好。潜台词自然可以想象为目标显著，出类拔萃。我在惊喜的同时也意识到我的麻木，十本诗集中的九位新老诗人大多数我都很熟悉，个别不大熟悉的年轻诗人，名字却早已知晓。恰恰是这个最佳诗集的诗人李汉荣，既没见过面，也几乎没听到过名字。这回才知道，李汉荣早已是蜚声诗坛的岭南诗人（秦岭南边的汉中）。我在心里感叹的同时也有所反省，多年来很少读诗，未必是对现代诗歌有什么畏怯，主要是阅读面的狭窄所致。再，李汉荣据说是很重诗道的一个年轻人，很少在文坛上游走，亦不善交际，居于秦岭南边的汉水之滨吟天咏地，大有屈子、太白的遗风。这样，我竟不知晓秦巴山系之间汉中坝子的这位青年诗人。我反而更为心地踏实，还是酒好不怕巷子深，作家靠作品和读者交流，交流的面越宽泛，佐证着作品的魅力，在读者中的影响自然越来越大，还是不愁"养在深山人未识"的，只要坚信自身是"丽质"，终究会越过崇山峻岭走向广阔的世界。

李汉荣的诗好，散文也好。不断有钟情他的散文的人把他的佳作推荐给《散文选刊》等刊物，连发专辑。而推荐者和刊物的编辑都是陌生人，又应了俗语所说的"张飞卖板栗——人硬货扎实"的话。不靠关系，不走邪门，以自己精彩的华章美文征服读者，打开刊物的大门，是为文学正道，亦为长久计，是作家创造自己的艺术世界，成就文学事业的别无选择的途径。

二

读李汉荣的诗歌和散文，随处都可以感受强烈而饱满的生命意识。我可以想象那肥胀的绿豆羹、跃上墙头的小公鸡的第一声啼鸣。生命的感悟和生命的升华，生命深层体验中的独特的领受，毕竟成为独特而又清新鲜活的吟诵，自成卓尔不群的绝唱。

关于李白，汉荣竟然写成了一本诗集；关于母亲，汉荣也写成了一本诗集；而《与天地精神往来》的散文集，单凭书名就可以猜想作者心灵所感悟到的关于生命体验的质地了。《登高》中有这样的句子："树木老得令人肃然起敬，想扑上去唤他几声祖父。"大约只有李汉荣才会产生如此令人战栗的生命感知，某些心底猥琐龌龊而又贪婪狂狷之徒，永远也不可能面对山水草木产生这样深沉的亲情。在《草帽》一诗中读到这样的诗句时，我心底的波澜就涌动起来了："整个原野浓缩成这朴素的一轮／这是母亲昨夜用麦秆编的""整个原野浓缩成这浑圆的一轮／大自然的语言单纯得／就像这一圈一圈的波纹""整个原野浓缩成这黄金的一轮／起伏的波浪拍打着我的心胸"。一顶麦秸秆儿编织的草帽的辫条里，注入了多少大自然和人生亲情的意蕴，大地和母亲融为一顶鲜亮的草帽了。

"唐朝暗了许多／一多半月光被李白／灌进了愁肠""放开我，我要到山顶上去／敲敲那北斗／看看我前世的酒杯里／盛着多少愁"。读这些绝妙的诗句，不由得击节称绝，直慨叹"怎一个愁字了得"。这个愁是人生的大境界里的一种愁，是生命深层里的寂寞和孤独，只有李白和李汉荣这样的诗家才能触摸得到，绝非仕途受阻、小车档次不高、情人反目等庸常的那个愁。

三

在我有限的阅读印象里，古今中外的大文豪、小文人有多少抒写母亲、歌颂牛的精神的诗文词章，无以数计。李汉荣作为当代诗人，在这类早被前人写过又为当代人继续写着的同题对象上，依然写出了自己的发现，无论视角，无论切入点皆成独辟且不说，关键在于能开掘出怎样的哲理来，我正是在这一点上发生了钦佩的感觉。在最常见的生活流里，一棵树一座山一条河一方高原一片草地，乃至一爿中药铺店一头牛一根拐杖，作家都追寻到富于哲理的诗魂，渗透着历史关涉着政治蕴藏着文化透视着人生，那样超拔的想象，那样卓越的联想，那样犀利的鞭辟，读来真是令人感到酣畅淋漓，又冷峻通达。文章能写到这种境界，一般故作摇头晃脑无病呻吟矫情娇气的做秀者是难望其项背的。

在《牛的写意》中，由牛的蹄印的大气、深刻和浑厚，突然调侃到帝王印章的小气、炫耀、造作、狂妄和机诈。显然已经不是我们见惯了的那些歌颂牛的精神的平庸诗文。牛在这里成了一种象征，一种关于历史和人的永恒性的假借。"如果圣人的手接近牛粪，圣人的手就会变得圣洁；如果国王的手捧起牛粪，国王的手会变得干净。"这不是一般的生活哲理，而是圣殿与茅屋这一对历史性对立物的大命题了。被许多人深情吟诵过的、爷爷手中的那根《拐杖》，李汉荣却捣弄出一层人生形态的哲理，启迪人生活在这种形态时不要忘记可能出现的彼时，含蓄而又深远，非同于仅只浮表于爷孙亲情的那根拐杖了。

显然，这里不是通常的联想丰富与否，而是思想。当作家不易，成为有思想的作家更不易。而要达到具备开掘深层生活，造成哲思奇峰能力的作家，不可缺乏思想。

四

读李汉荣的诗和散文，我总也不能宁静，无法达到那种欣赏或者品味的闲适境地，而是被感染，被撞击，被透视，被震撼，常常发生灵魂的战栗。不是一般轻才小慧者的文字游戏，不是看似潇洒随意而其实什么也没有的闲淡寡情，而是一种逼人灵魂的审视。

在散文《手》一文中，李汉荣把对自己的良知和灵魂晾摆到一双手上来诘问、来审视。这双已经"告别了镰刀、锄头，告别了大地上的耕作和收割"而操起了"黑色水笔的手"，在主人连续的反诘之下，发出了令人惊愕的声音："你握的那支笔写了些什么？真理？真情？真心？真爱？因感动而书写？因忏悔而书写？因发现而书写？……你写的那些文字，无关乎真理，无关乎文学，更无关乎永恒，你写的只是一些被人重复过无数次的废话，你排列的只是一具具语言的尸体。如果还要写，就写'手的忏悔'吧。"我记不清哪年看过一篇文章，某位成了点浮名的人看着自己的手，那手上的纹路和掌形和指头的长短粗细，都宿命着一只与众不同的天才的手，对着镜子看自己的脸和头发时，惊叹这简直是一副伟人的头颅啊！这种自恋和自吹以至自我造神的荒诞也不无好处，可以使底虚内空的人增加混世的信心。然而李汉荣在审视自己那双手时，审出了忏悔的警示。作家在认识世界揭示世界解剖世界，以求深刻地反映世界的时候，很需要思想作解剖刀；而这把解剖刀应该是双刃的，一面恰恰应该指向自己的内里；不断地审视、解剖自己的灵魂，才可能获得解剖世界解析历史解剖现实解剖别人的思想和力量，才是可靠的。鲁迅先生早已作出坦诚的表白，他在解剖别人的同时，更严厉地解剖着自己。大约以此法，鲁迅才获得了人生和文字的硬气和力度。

审视的归结无非是两点，舍弃和守护。舍弃肮脏，舍弃平庸，舍弃投机，舍弃虚妄；守护清纯，守护锐进，守护真诚，守护尊严。没有舍弃就难得守护。舍弃和守护的过程是灵魂搏击的过程。在生活出现某些复杂现象的时候，舍弃和守护的灵魂搏击就愈显得严峻，艺术家的良心、道德、人格、尊严存在着或被淤没或更强壮两种可能性。当然，首先是审视意识的苏醒。

五

　　李汉荣是位诗人，写起散文来也是诗的韵律和诗的情怀。无论诗或散文或随笔，都飞扬着诗人丰富的想象和联通，文字背后透现出诗人鲜活的气质和性情。

　　爷爷遗落的拐杖，竟然长出了一棵柳树。司空见惯的中药房里，李汉荣却呼吸到"辽阔大地经久不绝的气息，是万水千山亘古弥漫的气息……每一服药都是一片云水襟怀。中药是苦的，这是大地的苦心"。中药是扶正祛邪，进行五脏六腑血脉以至皮毛全面的清理扫除，是为祛邪；带着天地江河雨雪露珠的中药融入人体，可谓天地精华天地正气，是为扶正。作者终于在病除之后庆祝"天地正气重又回到我的身体和心魂"，而作者隐喻给我们的社会生活何尝不如是！健全的社会乃至健康的心理，也是一个扶正祛邪的反复不断的过程。融入天地江河的精华吧，让我的血脉注入天地正气。

　　面对星空，作者联想到宇宙、历史和生与死："生是节日，死也是节日；生，以鲜花欢迎；死，以鼓声相送。"我读至此，当即想到了电影《水车村》。这个大约半个小时的短片演绎的就是李汉荣的这几句诗样的生死体验。那个水车村的人敲锣打鼓奏着祥和的乐曲送逝者入土，没有孝服，没有哭泣，整个水车村的男女都身着民族传统的彩色服装送死者上路。这是黑泽明的关于生命的哲思的表述，与李汉荣竟然如此一致。显然这不是一般常说的超脱，也非那种"活着干死了算"

的无所谓的简单化表白，而是关于人的生命的本来意义的哲学思考。

　　李汉荣用一本诗集吟诵母亲，显然不是单指他的那位可亲可敬的具体的母亲，而是维系诗人生命脐带的大地和人民。"你可以嘲笑补丁，但你不能嘲笑补丁后面那一双眼睛，那一双手。"这种情怀表述着诗人的立足点和人格。有这样的情怀，诗人才飞扬起自由浪漫的翅膀，才产生精绝的哲学思考，才显示着这位岭南汉子的风骨。这一点，在大量的写李白的诗中就更坦诚了："安能披狼皮入狼窟与狼共舞 / 安能折腰摧眉侍奉小人 / 安能学苍蝇狂欢于垃圾堆上""大唐江山 / 是我腰间一只酒壶"——作者是在写李白，同时也在写自己。

　　抒写自己的情怀，浇铸的是自己的人格。

关于皇帝

皇帝是什么？就是高居于由人民垒成的金字塔的顶端的那个人。

这个人被神化为上天派往人间来做头儿的，所以称为天子；因为是神的意志的化身，便以人间并不存在的龙作为象征，通常被神圣化为真龙天子。

这个被称作皇帝的人，绝对主宰着他足下的所有人的命运；用俗话说，所有人的碗里的稀稠和身上衣服的厚薄，皆由这个人来决定。

我便突发奇想，如果把从封建帝制的创立者秦始皇到最末一个皇帝溥仪之间的所有皇帝复制出来，排列起来，当是一个颇为壮观的队伍。我们会直观看到，或长或短的王朝无论怎样更迭，皇冠和龙袍的式样如何变化，而皇帝君临一切主宰一切的绝对权力从来没有被质疑过，更没有变化。我们还会发现，在这个长长的皇帝队列中，我们能够认得出来，而且能叫出名号的，其实并没有几个；能被认出被记住的那几个，恰恰是这个队列中处于两个极端的皇帝，最英明的和最混账的那几位；真可谓青史可以使英雄垂名，遗臭同样能够万年。

唯物史观认定历史是人民创造的。这里有两种基本的历史事实，英明的皇帝治下的人民创造历史的辉煌，而混账皇帝治下的人民不仅难得作为，常常闹出颠覆王朝的事。无论盛世或乱世，首先决定于皇帝，是真龙天子，是假龙真虫，抑或是毒蛇猛兽。

有了两千年的时空距离，历史的辉煌和历史的血污都已经沉寂。留给今人心里的只有神秘感。时空愈久远，社会文明愈发展，神秘感则愈浓。道理再简单不过，皇帝居于塔的顶端，总是孤立一人，任何普通人不仅无法类比，更无法亲身体验，只有想象那高不可及深不可测的皇座的神秘。

于是，有关皇帝的文学艺术作品就畅销于世，正说畅销，戏说也畅销，都具备了满足人们探究神秘的普遍性心理的功能，自然也有汲取历史经验和教训的意义。

足球与城市

足球是动态的,有了足球的城市便添了动态的美。足球是一种进取精神最富激情的展现,有了足球的城市便呈现出锐意进取的精神。足球展示给世界的是一种生命的活力,有了足球的城市就多了一分生动。足球是属于年轻的生命的,有了足球的城市便不会老化。足球是地球上所有种族、各种肤色的人共同拥有的无须翻译的语言,有了足球的城市便具备了与世界城市对话的一种基本功能。

促使我把足球和城市连接在一起的触发点,是ESPN对2001年中国足球甲A联赛陕西国力首次主场比赛的转播。见过大世面的ESPN的解说员,竟然连连惊呼陕西球市的火爆场面,用词为"震撼"、"振奋",大为惊讶地处中国西北的西安,在三月份居然能培育出如此"令人非常惊异"的高质量的草坪,连连的惊叹惊异惊呼之词,真是让作为陕西人的我为西安骄傲了一回。

我们陕西和我们西安，引人骄傲的首推先人和先民所创造的历史奇迹，多为墓冢里的藏物。我也殷切地期盼今天的陕西人创造新的奇迹，能让世界产生如对兵马俑、茂陵石雕那种惊喜与浩叹，我们自然可以列举卫星测控和长臂导弹这些令人腰杆挺硬的项目。然而始料不及的是，陕西国力足球队和陕西火爆的球市，风采独具的秦地球迷和一流的球场草地，吸引来了ESPN，直令他们以激情的话语向亚太地区30多个国家的观众展示当代陕西人的风采，让他们联想和品味秦兵汉将的后人身上所遗存的豪勇和热烈。

近几年来，我走了一些地方，无论繁华的大都市，还是偏远的小县城，以及名不见经传的僻野小镇，随处都可以看到这样同一内容的广告标牌，"让××走向世界，让世界了解××"，这××自然是某个城市某个县城某个小镇，这是可以理解的。开放的中国总的广告词为"让世界了解中国，让中国走向世界"，每个省每个市每个县和每个镇乃至某些发展趋前的村子，也都急于让世界了解他们，更急于走向世界了。为了达到被世界了解，再走向世界这个目的，各种招数各路拳术都被创造出来了，外交的、经济的、旅游的、文化的，甚至带有某些非公开手段，充满了各具特色的、激烈的竞争。然而，就我有限的见闻，把足球当作某个地区被世界了解再走向世界的招数的城市，在中国数以百计的大小城市里，大连是唯一的，也确实达到了使用足球广告的目的。我去年十月到大连，在该市的大广场上，有一只堪称中国第一庞然大物的足球雕塑和一组造型逼真的踢球的群雕。大连没有黄帝陵没有兵马俑没有姑婆坟陵,却创造出包括服装节和足球等四大品牌。大连足球在中国足坛是一颗历久不衰的大星体,无形的又是不可估量的效应是提高了大连市的知名度,比之服装节来有着同等的功效。据媒体报道,欧洲几家大牌足球俱乐部都已经在大连开办了足球学校或短训班,他们传播足球技术的同时也在挣钱,大连的孩子在可以得到最先进的培训的同时,大连地方也同样有经济实惠。

陕西或西安球市的火爆是一个奇迹,经济相对滞后于沿海城市,足球环境、足球土壤和足球氛围却类似于欧洲或南美,是文化因素抑或是地域性的群体个性造成这样的氛围,我至今仍说不准确。然而这个谜也不急于求证,而客观的现实是,这个基本属于自发的足球环境、足球氛围真是太可珍贵了,于西安于陕西在中国在世界的知名度的提升只会是有百利而无一弊,是许多城市企盼不及的事。

这样好的足球土壤和足球氛围,是球迷营造的。没有了球迷也就没有了足球。社会各方各界应该关心、关爱球迷,关键在于恰当理解这个世界第一运动和足球本身所难以根除的某些麻烦,诸如偶然发生在世界或中国某地的球场骚乱,最严重的也就是足球流氓的滋扰和闹事,用法律去惩治、用关爱去诱导、用球迷自身的民间组织发挥引导作用,正如破掉羊水是为了保护孩子是同样简单的道理。

陕西球迷所营造的令 ESPN 连呼惊奇的氛围,是急于走向世界的陕西和西安的一缕祥风人气,无论作为一个球迷,无论作为一个关注乡土发展的西安人,我幸运能有这样好的足球氛围和越来越好看的球赛。

成熟的征象

一个草台班子已经崭露中国足球的国家级豪华舞台。

一支原也不过是聚啸山林的股匪式的莽汉，已经蜕变为训练有素的队伍，驰骋于中国足球的绿茵场上。

这是我对陕西国力足球队的印象。我相信我的印象，是因为我比较完整地看到了这支球队诞生、发展的全过程。国力足球队的诞生，不是天子下凡，没有任何异常的惊天动地的表征出现，而是一个普普通通的孩子悄然降生，谁也没有太在乎，更不会产生威胁。国力最像一个普通孩子的成长，更多地经历的是艰难，是挫折，是失败，是让众多的球迷一刻也不能松弛的紧张与揪紧的心和攥出水的拳。几位教练雄心勃勃地来了，不堪评说地走了。几茬球员聚着气攒着劲来了，甩着手跺着脚叹一口气又离去了。从在乙级队的苦熬到甲B的升级、保级，教练、球员和球迷，总有一种刀刃上舞蹈的紧张。然而，就是在这个过程中，国力队渐渐脱颖而出了，进入中国足球绿茵最豪华的舞台了。国力虽然没有达到一枝独秀独领风骚，却是任何一支劲旅也不敢傲慢和轻视的存在，让中国足坛的王牌劲旅几乎翻船的令人难忘的经典一战，足以显示自己的分量和不容轻视的存在。

国力足球队的发展历程，最具普遍的自然法则，不是骤起骤灿而又骤落，而是该经历的旱灾涝灾的经验和磨砺都经受了，没有旱死也没有淹没，活下来长起来便铸成了骤起骤灿骤落者所欠缺的内质。国力进步着，不是一帆风顺式的，这样的进步便积累了一种较为雄健的基础。自然万物和人生社会，似乎都大量存在着这种生存发展的普遍性规律。

卡洛斯是一尊真神。

卡洛斯执掌教鞭的国力队是一个分水岭。

这个巴西人不动声色。有点本事的人大都是不事张扬的这种做派。于是我看到了这样的一个基本事实，没有名牌球星，乃至连一个入选国家队的队员也没有的国力足球队，在甲A大半季赛程中成绩不俗；一帮从各个球队替补席上聚集到国力帐下的名不见经传的年轻后生，守可以扼制各队最锋利的尖刀人物，攻可以洞穿名牌球队的大门；任谁都可以看出，这个刚刚晋级甲A诸雄赛场的年轻球队，前后左右和中场已经形成了自己的章法，甚至可以看到一种从容和自信，这才是这支球队成熟的本质性的征象。卡洛斯把这样一支谁也不太在乎的新军调教出这样一番阵势，才是一个真有学问、深谙足球行道的行家里手，算得一尊真神。

我看今日的国力足球队，是一支最富朝气最具发展前景的球队。现有的几个年轻球员已经初见球星的征象，从球技，尤其是从心理素质的训练上需自觉强化，不日将在西北的这支球队里冒出璀璨的球星，时刻准备接替郝海东和杨晨们，到未来的世界足坛上与来年的齐达内、巴乔们再过招儿，再较量。千万不要近视于陕西一隅，千万要记取曾经有过新星征象的年轻球员自我砸锅的教训。这也是从事任何职业、成就大事业者的普遍性生活法则。

我将继续与国力将士同行。

寄语中国队

世界杯开战三天来,给人一种乍喜乍悲的感觉。比如说,揭幕战名不见经传的塞内加尔队,就给整个世界一个惊喜。让人感到了新兴非洲足球的崛起,他们扎实的足球基本功和良好的技战术意识,已经开始向传统的足球强国叫板。弱队战胜强旅的可能性确实存在,足球场上也有侥幸,进一步说明足球是圆的,在场上什么事情都可以发生。但不管怎么说,胜利的天平仍然是朝着有实力的球队倾斜,不能只看到塞内加尔队的侥幸,而应该看到他们的实力。

紧接着让人感到遗憾的是,在亚洲还称得上强队的沙特队却让德国队打得满地找牙,输得惨不忍睹。在强大的德国队面前,沙特队就像一座不堪一击的沙堆。0比8的比分,让亚洲足球蒙羞。

八场比赛过后,给我的第一感觉是,足球世界依然是欧洲和南美人的天下。除了揭幕战法国队惨遭滑铁卢外,已亮相的欧洲和南美几支队伍都呈现了强大的气势，人们已经看不到昔日的斯文足球，也看不到纯粹的力量型足球，或者是单单的技术型足球。各个球队都已经开始把欧洲的力量型足球和南美的技术型足球融合为一体。

看着其他队的比赛，我时时刻刻都想着就要上战场的中国队。中国队虽然没有和塞内加尔队甚至非洲球队交过手，但是，应该树立起像他们那样的不怕强敌的自信，但切切不可把自己等同于塞内加尔队。六月四日，中国队将要首战哥斯达黎加队，应该从塞队的胜利中和沙特队的惨败中，吸取成功的经验和失败的教训。中国队应该从塞内加尔队战胜强大的法国队的比赛中，不仅要树立起战胜强敌的自信心，而且还更应该摆正自己的位置，防止出现沙特队的那种情况。中国足球实行职业化以后，取得了可喜的进步，但是，与足球世界强国的差距还是非常大的，作为中国球员应该清醒地认识到，自己肩上的任务还非常重。对于首次打进世界杯的中国足球队，不仅缺乏经验，更缺乏足球强国的许多成功的经验。最让我担心的是目前中国队粗糙的脚法和到位率很低的传接球，但愿队员们能够扎紧防守的篱笆，少输球，想办法打开对方的球门，去争取胜利。

良好的心态、扎实的基本功、切实可行的技战术打法缺一不可，俗话说，艺高人胆大，这仍然是足球世界里面的ABC。

我们那两下子

十二日夜，《北京青年报》记者打来电话，询问我看世界杯的印象。那时正好是又一个夺标热门阿根廷队落马，我的脑子里就浮现着齐达内和巴蒂斯图塔的凄苦的脸色和伤心的泪水。我为法国队和阿根廷队惋惜，也被这两位超级球星悲戚的神色所感动。记者又着意探询我对次日中土之战的估计，我说赢不了。又问能否打平。我说打平的可能性顶多只有百分之几，微乎其微。又问能否进球，我犹豫一下仍然说说不准。记者似乎有意让我犯难，如果胜了你怎么说。我仍不改口，说除非土耳其人紧张到失常的程度。依我看土耳其前两场比赛的印象，这种可能性并不存在……后来比赛的结局，比我预料的还糟糕，我说不准的能否进球，也按最糟的结果发生了。

这就是中国足球队的真实水平。在这个原以为不属死亡之组那么严峻的小组里，球队曾经订下三阶目标，胜一场平一场进十六强；求其次，胜一场，主要看中的是哥斯达黎加队；再求其次，平一场，仍然瞅中的是哥队，似乎这是一个并不比中国队硬的软柿子。两场比赛下来，三阶目标都不能实现的时候，从球队到球迷到各种媒体的呼声，就降为进一粒球的最低期望了。赛前一天我所看到听到的"进一粒球"的期待，已感到很不是味儿的酸涩了。我们的球队和球迷整个都没有战胜土耳其的信心了，只求能入得一球就可得到安慰了。这样一种未上球场先做好了输球准备的球队，怎么可能指望实现什么呢？正是出于这种感觉，我对《北京青年报》的记者才会坦率地说出我的估计。三场打完，三场皆输，一球未进，净吞九弹。在三十二支参赛队中，恐怕已经没有替我们垫底的球队了。

这就是中国足球。不会给足球专家和痴心球迷任何侥幸，自然不会带来意外惊喜。这是我看罢中哥首场比赛之后写的随笔中的话。当时确实还没有估计到会输得如此彻底，进一两个球总是可能的，三场比赛总不能连一次进球的机会也创造不出来吧？结果比我的估计比球迷的估计比众多媒体的估计输得还要彻底，硬是连作为最低限度安慰球迷心理的一个进球也踢不出来。

一个很难回避却带点残酷意味的问题摆在所有与足球有牵涉的人面前，在群雄逐鹿的世界最高水平的足球赛场上，中国队遛了三回一大圈，收获了什么？

按照我们通常习惯的做法，很顺溜地就会总结出几条几款收获，再归纳出几条上至官方下到每一个球员都可以接受的不着痛痒不失体面的不足，最后又能在一夜之间列出几条改进措施。历届世界杯和奥运会的足球小组出线屡战屡败，总结了多少回，也没有效果。这回在世界大赛上遛完之后，如果还以此类推去做官样文章式的总结，恐怕下一届世界杯连遛一圈的机会都不会有了。我的感觉是，中国队参加本届世界杯的最大收获，就是使球队使球迷尤其是使足球的掌门人，心里有数也有底了，我们脚下那两下子和人家脚下那两下子差了多少斤两；远的不说，从新时期开始也弄了二十多年足球了，我们脚下那两下子究竟长进了多少，不与那些欧洲和南美的老牌足球强国比较，比近邻日本比同样是第一次参加世界杯的塞内加尔总有可比性吧，斤两是越差越多了……

应该尽快绕过历来不痛不痒的官样文章式的总结套路，直接进入反省。把日本队作为我们反省的参照，太具有切近的意义了。从生理和人种上说，欧洲人人高马大，南美和非洲人柔韧灵巧，都比亚洲人占有先天的优势，而日本人与中国人在生理结构身高体能上几乎无差异，此其一。20世纪90年代初，日本国家足球队还根本不是当时的中国队的对手，曾几何时，日本国家队和日本奥运队在世界足坛的战绩，已经不只是中国队难以抗衡的亚洲的一枝独秀了，说我们望尘莫及似不为过，此其二。我倒觉得，如要总结，不要总结我们，我们似乎没有什么好经验可总结的，应该去总结日本足球在短短十余年间所发生的长足进步的经验，作为我们反省的参照和参考，当然不是照搬。据说日本有一套十分奏效的培养青少年足球苗子的体制和办法；日本大约与我们紧前接后搞的足球俱乐部赛制，然而他们的甲级乙级赛场上，似乎没有出现我们那么多的黑哨和赃球，这经验更值得参考。

黑哨和假球赃球，损害的远远不止一场比赛结果的公平，更深的损害是足球运动员的心理素质、职业道德和人格建设。一个打了假球踢了赃球的人，心理自然就虚空就软弱，很难形成强盛的气魄和强大的人格；球员健康健全的心理素质的锻铸是多方面的，而根除黑哨和赃球，却是最基本最致命之点。

失败到最彻底之时，也有好处，使大家都看清了自家脚底下那两下子功夫太嫩，也没有任何借口和托词可以遮掩方方面面的面子了。真正想为中国足球进步，也想实现自己为中国足球事业的一番抱负的人们，从最痛处反省，才可能找到一条适宜中国足球发展的路径，才有希望可寄。

自由，
多创新

他乡

记录外国文化的自成风景与沉思

北桥，北桥

在大波士顿郊区三四十公里的康克尔镇，有一座小木桥，名叫北桥，桥下是一条悠悠静静地涌动着黑色水流的泥河。220年前的4月19日夜，美国"独立战争"的第一声火枪的枪声，就是在这座小木桥头打响的。

北桥从此便成为现代美国历史的启明星。或者说，在北桥的火枪枪声里诞生了一个美国。

北桥从此便成为美国历史和现实中最负声望的桥。康克尔小镇因为拥有北桥而成为闻名于世的一个镇子，波士顿人则因为"独立战争"的策源地而自豪和骄傲。

酿成这个伟大事变的起因却是一件小小的冲突。英国殖民者从东印度公司输入大量茶叶，严重危及当地人的经济利益，当地居民便自发"揭竿"，把刚刚在波士顿海岸卸船的茶叶包扔进大海，用我们的习惯用语来说，矛盾一下子就激化了。这事件在我听来似乎有点耳熟，很容易把它和英国人输入鸦片到中国海岸所引发的冲突联系……英国人首先被激怒了，立即下达戒严令，不许当地居民乱说乱动。而崇尚自由自在的新大陆居民，对古老的英国殖民者以往那种妄自尊大和呆板的清规戒律的做派早已不能承受，也看不顺眼，可以说积怨积火已如欲喷的火山熔岩。这个晚被发现的大陆的居民与英国殖民者的冲突的实质，与世界上所有曾经被殖民过的民族无以数计的各类形式的冲突毫无二致。

康克尔小镇有一个农民自发的民间自卫组织。英国人在下过戒严令之后，决定摧毁这个民间武装的小团体，用意自然是要扑灭任何可能蔓延成灾的火星，时间定在4月19日夜里。居住在波士顿城里的一位年轻医生在天黑时得到了这个泄漏的军事机密，星夜骑马急驰60多里地赶到康克尔，把英军偷袭的消息报告给处于灭顶之灾的自卫武装。这个自卫武装团体一致决定反抗，虽然仓促，却有准备，最短暂的也最恰当的战术准备迅即作出立即实施。当英军士兵经过60多里地急行军赶到北桥桥头时，桥的那一头的丛林和草地里已经按各个最有利的位置潜伏着自卫的农民，武器是火枪。

当英军士兵怀着偷袭的窃喜列队跨上北桥，灾难便降临了。从北桥的正面和两侧骤然爆起的枪声，把他们出发时的全部美丽的窃喜葬入桥下的泥河。河是真正的泥河，没有一般河流通常都有的沙滩，密不透风的森林几个世纪以来的落叶沉淀在河床上，河水因此而发黑，人或马都不可能蹚过去。无法料及的强硬的抵抗，首先使偷袭者从心理先输掉了，接续的便是溃不成军的慌乱和全线崩溃。然而英国人的呆板做派还是不变，无论桥上桥下倒下掉进了多少同伙，后边的士兵依然列队整齐，不乱间隔继续涌上北桥。桥那头的民兵几乎不用变换射击位置只需尽快地填充弹药，然后喷射到一堆堆送到枪口上来的目标身上。当地农民嘲笑英国人一切都按固定的程式运动的做派，这回是用火枪完成的。

从北桥之战开始，随后就风起云涌般掀起一场震撼世界的伟大的"独立战争"。北桥随后便日益璀璨起来。那位报信的年轻医生也一代又一代地璀璨在美国人的心里。纪念这位英雄医生的方式不是玉碑，也没有雕像，而是一行马蹄印迹。在波士顿城里的一条街道的人行道上，水泥地面上镶嵌着一行马蹄铁驰过踩下的间距很大的蹄痕，是黄铜，被无以数计的脚踩得闪闪发亮。

这个北桥现在是美国国家公园，一切都按那场战争发生时的原样保存着。低浅的丘陵被原始森林和野花野草覆盖着，树木不再人工增植也不许砍伐，枯死的树木一任其枯死、倒掉以至腐烂，也不作清理；茅草也是220年前的野草的家族的延续，不许烧荒也不许刈割，更不要人工栽培的新的花草品种；河依旧是那条泥河，野苇茅草丛生的泥岸，没有人工修整的一丝痕迹，至今仍然没有人敢于涉水过河；桥是用粗刨的原木架构的，没有油漆，桥栏被游人的抚摸磨损得唏溜光滑，粗的细的木纹清晰可辨；北桥通往公园各处的几条大路也是用黄褐色的砂砾泥土铺垫的，一切都按1775年的原样保存下来，让一切到此观赏的世界各地的游客充分感受当年的自然环境的气氛。成群成帮的鸟儿掠过头顶，从这一片树林喧嚣到那一片树林，多是一种通体墨黑的梭子体形的鸟儿，颇类似于我自幼见惯的知更鸟，然而叫声却相去甚远。不知这鸟儿是220年前的原种，抑或是后来迁居的新族？

桥头有一块纪念碑，大约记述了这儿发生过的事件的简单的经过。更令人注目的是那座雕塑，一个刚刚成年而仍未脱净稚气的乡村小伙儿，右手握着一支火枪，左手按着一把犁杖，猫着腰，前弓后踮着腿，沉静而又机敏地瞅着前方，前方十多米处就是北桥。他的农民服装上扎着一条武装带，再也找不出比民兵更恰当的称谓了。这个雕像我一眼看见就似曾相识，无论抗日战争还是国内革命战争，中国南方北方的战场上到处都是这种武装起来的乡村青年类似的模样。

在桥的那一头，即英国士兵接近桥头的道路旁边，贴着地皮栽着一块小小的石碑，作为偷袭北桥而战死的英国士兵的墓碑，却是战争的胜利者为失败者立下的。碑文很短也很耐人寻味，没有仇恨没有诅咒，也没有胜利者的骄傲，有的只是一种惋惜。碑文大意说，这些年轻人跑了9000多里从英国来到北桥，死在这里；此刻，他们的母亲还在梦里想念儿子哩！

用这样动人的惋惜和怜悯的口吻、用这种人性和人道的泛爱的胸襟对死亡的敌手表示哀悼，可能是对那种殖民者又是失败者的最深刻也最深沉的心灵和良知的谴责。在波士顿市区，在华盛顿就任"独立战争"总司令的那棵大柳树旁边，同样为两位战死在这里的英国将军各立着一块小小的碑石。

从北桥打响第一枪，到这里时整个战局就发生了一个根本性转折，这里的战斗是一场扭转战局的决定性胜利。在华盛顿的塑像周围，摆着三门缴获的英军的火炮。这里用白色的栅栏围护着一株大柳树，华盛顿在指挥这场决定性的战斗胜利之后，就在这棵柳树下成为三军统帅，也接受了三军将士排山倒海的欢呼和膜拜。北桥的初次交战华盛顿没有参与，稍后便从他的农庄赶来投入了，再后就走到了这棵柳树下，再后就把英国殖民者赶走了。处于绝对的领袖地位的华盛顿，在筹建美利坚合众国和大选的时刻，脱下戎装回到了他的农庄，继续当他的农夫去了。据说华盛顿出于这样的理由，即不以军人的身份参加选举，要以一个农民或者说普通公民的身份进行参选，为此他老老实实当一年农夫。尽管这行为里不无虚伪，尽管他一年后以农夫的身份堂而皇之参选总统，其实选民们投给他的一票主要还是投给"独立战争"的那位无可替代的总司令的；如果不是这样，比他更优秀一百倍的任何一位农民也不可能当选第一任美国总统。即使如此，有一点虚伪也还是可爱的，不属于令人恶心倒胃的伪装；仅此一个农夫的姿态，对于他那样功勋卓著的总司令来说，已经是难能可贵的了。

我还是对那几块为战败战死的敌方的将军和士兵所立的碑石的举动感兴趣。今年九月，我在北京见了翻译过《白鹿原》章节为英文的汉学家苏珊女士,和她聊起四月访美的印象,就谈到了这几块为敌手所立的碑子和碑文。和她一行到北京的一位美国男子却以不屑的口吻说,在越南他们可就没有这份情致了。我不觉一震。十年越战对美国普通公民来说至今还是一块化解不开的积食。许多美国母亲至今仍如那碑文所说,正在梦里思念战死在越南的儿子哩。那块为英国死亡士兵栽下的碑子,现在确实栽到数以万计的战死在越南的美国士兵的母亲的心上;那种出于人性和人道的宽容胸襟的碑文,深刻而又深沉地谴责着当年决定发兵越南的那位总统,他即使卸任多年,依然不能逃避灵魂的谴责。在越战结束近20年后,约翰逊政府时期的国防部长麦克纳马拉,写了一本书,对越战作了反思和忏悔,感应了一些人。看来,对于被殖民而又争得了胜利的一方来说,对殖民者又是失败者以怎样的方式表示谴责,都是比较轻松比较容易做到的,可以是义正词严的也可以是机智幽默的,可以是这样又可以做到那样一种谴责的方式,然而一旦角色转换,美国人自己自觉不自觉地扮演了当年英国入侵者的角色,到越南,还有朝鲜,他们也就像220年前被驱逐被打败被消灭的英国人一样,先被朝鲜继之又被越南人所仇恨所驱逐所战胜。无论如何都不可能产生给北桥牺牲的英军士兵立碑那种心怀和情致了,倒是朝鲜和越南人把这种碑文的碑石栽到了美国总统和美国母亲的心头,真是得其所哉!罪恶的心理阴影比战争的硝烟要难于消弭得多,甚至要遮蔽折磨几代人。

然而我还是难忘北桥，不单是那里保存完美的原始风景。我是四月初到北桥参观的，与美国友人约定 4 月 19 日再来，据说每年的这一天都要举行别开生面的庆祝活动，人们穿起当年农民的服装，装扮成自己武装的民兵，重新表演当年发生在北桥的故事。今年正好是北桥打响"独立战争"第一枪的 220 周年，纪念活动更加隆重更加丰富多彩。然而因为活动安排的冲突终于丢失了良机，留下了遗憾。

口红与坦克

想到这个题目并最终确定下来，仍然觉得有点滑稽，甚至有那么一点荒谬。口红是什么，坦克又是什么？口红派什么用场，坦克又派什么用场？把两件风马牛不相及甚至完全对立的东西焊接成文章标题，首先倒是应该坦白，并非出于哗众取宠出奇制胜的念头，而是一年前在华盛顿街头看到的一尊雕塑的强烈印象。

那是一辆坦克，涂抹着如同实战坦克的铁黑颜色，体积也与实战坦克一般大小，只是没有现实主义的工笔细刻，它是一种粗线条的勾勒和大轮廓的模拟。从艺术上说，可能属于现实主义与现代派的杂交或中性改良。创造者显然并不是要展示这种常规武器的最新产品，甚至无意显示那一代产品属何种型号，只是作为一种常规武器中极具杀伤力的战争的形象，赫赫然摆置在美国首都的一条大街上，准确点说是在大街一旁的比较宽阔的一块草地上。它没有实战坦克最要害的那个部件——炮管,所以它永远也不可能去发射杀人毁物的炮弹。那根炮管被置换为一支口红,长短和粗细的尺码恰好类似炮管。这支口红端直地挺竖在坦克上,戳向天空,偏圆的顶头的红色,像一团火焰,像一瓣玫瑰,或者更像姣美性感的女人的嘴唇?

宽敞的车道,川流不息着各种色彩各种形状的轿车。人道上,匆匆着或悠悠着世界各地各种肤色的男人女人大人和小孩。这辆驮载着一支口红的坦克,就这样与现代都市和谐地统一在一起,构成一道看上去美丽却不只让人仅仅感觉美丽的风景。我在第一眼瞅见它时,不仅没有丝毫焊接的感觉,而且有一种心灵深处的震撼,这震撼的余波一直储存到现在而不能完全消弭。

这尊雕塑的内蕴其实最明了不过,可说是一个十分陈旧的主题,然而又是迄今为止困惑着人类的一个共同的鲜活的话题,雕塑家用简练到简单的笔法,把一个牵涉所有国家和民族的生存理想的大话题凝铸为一组看来不可思议的"焊接",如此明了,如此简练,又如此强烈。同类题材同类意旨的美术作品,最负名望的莫过于毕加索的那只和平鸽,震撼人的心灵深处。然而这尊象征意旨明朗、透彻的雕塑,依然昭示着人类最切近的生存忧患和生存理想。

人们在雕塑前驻足,凝眸,沉思,留影。白毛的欧洲人黄肤的亚洲人和黑脸卷毛的非洲人都在这儿驻足,把自己的情感寄托给雕像,又把雕塑创造者的美好愿望储存心间:企望这个世界能给他们的妻子女儿一支口红，永远不要发生某天早晨或深夜坦克碾过菜园和牛栏的惨景。德国鬼子和日本鬼子同时在欧亚两个大陆这样干过，美国鬼子在朝鲜和越南这样干过，前苏联同样在捷克和阿富汗如此干过。

用口红取代坦克。这种强烈的艺术创造让一切平庸的艺术制作感到羞愧和难堪。然而它传达给我的又恰恰不单是艺术创造本身。相信看到这尊雕塑的任何人，都会把他关于战争的全部记忆（直接的或间接的）都激活了。不仅如此，每每通过传媒看到世界某个角落坦克正在发射炮弹的画面或图片，我便联想到华盛顿街头的那尊雕塑。雕塑毕竟是雕塑，艺术也毕竟只是艺术，可以唤醒世界千万计的男女的呼应，可仍然阻止不住实战坦克的行动，坦克却仍然碾碎着那些地区该当涂口红的漂亮的嘴唇。

那个被国际法庭判处绞刑的东条英机和他的同僚战犯，几乎每年都要受到某个大臣乃至某个首相的参拜和祭奠。尽管此举受到整个亚洲和世界的谴责和侧目，闹剧和丑剧依然年年上演。我感到的不单是闹剧丑剧的可笑，而是惊讶参拜者露骨的虚伪，因为哪怕是一个小孩都会明白，即使烧一万吨香蜡纸裱叩一万次响头念一万次佛，都不可能使那些战犯的罪恶魂灵得到安宁，更不可能得到超度了，至于那些在"教科书"和展览图片上屡屡偷偷摸摸搞小动作的人，不仅使世人看到了一个虚伪的灵魂，更看到了他们面对口红和坦克的现实的选择的可能性。

倒是那场世界大战的另一个发动国的首脑,在犹太人被害的坟墓前祭献的一束鲜花,尤其是出人意料的那一个长跪动作,不仅告慰的是长眠地下的被踩躏的灵魂,重要的是使活着的我们看到了一个民族的大气。足以结束一个时代仇恨的一跪,必定成为历史性的一跪——他选择了口红。那个靖国神社的门前广场,倒是应该有这样一尊坦克驮载口红的雕塑,让那些死去的罪恶的灵魂继续反省,也使那些活着的虚伪的灵魂反省出一个"小"来。

贞节带与斗兽场

在关中乡村流传的许多酸黄菜式的民间笑话里，有一个放心带的故事，说有位商人四季出远门做生意，那时交通工具不发达，顶好顶快也就是轿子马车或单骑骡子，往返很费时日，多则三月半载，至少也少不了月里四十。他一出门，就把大妻小妾留在家里守活寡，终于听到了大妻状告小妾与佣人有不干不净的事情。处置这种辱没门庭的事对于商人来说非常简单，辞退一个休掉另一个就是了。然而麻烦接着发生，小妾随之也向商人打上小报告，说大妻与长工有染。商人在恼火万状中反倒醒悟，把大妻小妾都休了可以再娶，把佣人长工全部辞退再雇新的人来也不困难，问题在于自己一出远门就旷日持久，再娶的妻妾与新雇的长工佣人再发生偷情的事怎么办？于是商人终于苦思冥想出一条万全之策，在他又要出门进行商务活动之前一夜，把两件铁打的放心链子强迫大妻和小妾套锁到下身，然后便放心地出门上路了。

这个商人与小镇铁匠铺的铁匠共同设计锻造的安全带或者叫放心链的东西是个什么形状，传说笑话里很含糊，任何听取这个笑话的人在痛快淋漓地笑过之后，并不认真去研究那个铁链钢带的实际可行性，笑过也就完了。

然而，万万始料不及的事不期而遇，在意大利国家博物馆里，我看到这样一件中国乡村笑话里的钢铁锁链式的带子，名字叫贞节带。

那是一条类似于健美运动员穿的那种简化到只护苫阴部的带子，不过不是任何纺织布料而是坚硬的钢铁。一块一片真正的钢铁连缀成一条腰带，是用来箍绑女人的腰的；同样的钢铁薄片连结成一条带子，一头与前腰的铁带相连结，通过腹部兜住阴部和屁股，再和后腰里箍缠的铁带相扣接。兜着屁股的铁片中间溜着一只空心大孔，肯定是设计和制作者为大便通过的悉心设计；而最富于匠心竭尽智慧显示天才的设计，自然是表现在最核心最要害的部位，即对女人生殖器的防卫措施，那儿的铁片同样留着一道孔，无须阐释便可以想到是给小便的出路；那孔是竖立式偏长形状，宽窄的估计和把握也经过精心的算计，即不容许任何男性生殖器通过；最绝的活儿是在偏孔的边沿上，有一圈倒立起来的约二寸长的三角形尖刺，其锋锐的程度有如锥尖锯牙……想想有哪个情种能够对抗这道监守围墙的钢铁蒺藜？设想某个风流种子看到这钢铁蒺藜时会是怎样的猴急？而被扎上这道钢铁蒺藜式的贞节带的女人又是怎样的心理和生理的屈辱和痛苦？

这件匠心独运的钢铁作品挂在意大利国家博物馆的墙上，外面用一只玻璃罩子罩着；如果不是在一个国家级的博物馆里看到这样一件展品，我也许会怀疑是某个恶作剧者的游戏之作，类似于中国乡村民间笑话里的虚拟之物。我在这一刹那突然明白了什么叫欧洲的中世纪；中世纪的全部黑暗和野蛮浓缩具象为这件贞节带，正是中世纪挥舞的旗帜。

据说这件贞节带主要是为罗马帝国的大将军小士官们铸造的。在他们出征另一个民族的前夜，先用这件万无一失的钢铁制品封锁了自己妻子的阴户，然后才放心地扛着盾牌和利矛去进行征服之战。到他们征服了也践踏了一个民族的尊严和家园而凯旋时，在接受国王的嘉奖之后，回到家便掏出钥匙打开妻子腰里贞节带上的锁子。我又陡生疑问，如果某个将军或团长旅长营长战死在异国他乡的沙场上了，那么他妻子的这副贞节带恐怕就要箍勒到死而无法解除了，因为唯一的那把钥匙只能由丈夫装在腰里，他死了钥匙也就和腐烂的肌肉一起埋入泥土。腰际和阴部戴着这种钢铁锁链的女人如何睡觉怎么行走？如何日复一日无时无刻都在承受肉体的折磨和心灵的屈辱？漫长的人生之路对她们来说将意味着什么？

我想用相机拍下这件中世纪挥舞过的旗帜，结果被告知说不许拍照。敢于把这么一件怪物堂而皇之展览在国家博物馆里，主办者的勇气和坦率已经令我钦佩，而不许拍照的禁令却让我留下遗憾。我便久久注视这件怪物,我在想到我家乡那个民间笑话的同时,又想起来我刚刚出版的长篇小说里头的一个女人,这个女人惹得某些脸孔一本正经而臀部还残留着"忠"字的当代中国人老大不顺眼。

我在查阅蓝田县志时查到了三大本的《贞妇烈女卷》。第一本上全部记录着某村某妇女夫死守节抚养儿子孝顺公婆的千篇一律的事例,第二第三本里只记载着张王氏李赵氏的代号式的名字,我索然无味便一把推开。推开的一瞬突然心里悸颤了一下,想到多少年来凡是来此查阅县志的人,恐怕没有谁会有耐心读完两大本人物名字,而且不是真实名字仅仅只是两个姓氏合成的代号。我忽然对那些贞妇烈女委屈起来,她们以自己活泼泼的血肉之躯换取了县志上不足三厘米的位置,结果是谁也没有耐心阅读她们。我便一行一行一字一字看下去,如果这些屈死鬼牺牲品们幽灵尚在,当会知道在她们死去多少多少年后,终于有一个从来不敢标榜著名的作家向她们行了注目礼……田小娥的形象就在那一刻里产生了。

我们漫长到可资骄傲于任何民族的文明史中,最不文明最见不得人的创造恐怕当属对女人的灵与性的扼杀,我们有称得经典的伦理纲常和为推行这经典而俗化了的《女儿经》,然而我们似乎没有设计制造贞节带的记载。

我们有贞节牌,我们有县志上的贞妇烈女卷,我们以奖励为主导方式弘扬那些嫁鸡随鸡嫁狗随狗、鸡狗早夭了还为鸡狗守节守志的女人们。南欧的罗马人不如我们含蓄也不懂得以褒奖为主的方法，赤裸裸锻打出来这么一种钢铁家伙去强行封堵。历史证明了我们祖宗的高明和罗马人的简单甚至可以说愚蠢，他们那样招人眼目的锁链不久（对历史而言）就彻底废除了，而我们祖先行之有效的方法却延续到20世纪之初，比他们的寿命悠久了几个世纪。我所查阅的几个县的县志大都是抗战前编修的，依然堂而皇之不惜工本弘扬着代号们为鸡狗殉道的节和志，即使从"五四"算起也有十多二十年了，还在依然故我地立贞节牌进登县志……我便有个恶毒的想法，在我们的博物馆里，起码在妇女解放史的专题性展览馆里，应该展出县志上的贞妇烈女卷本，这东西与罗马人的贞节带有异曲同工之妙。

……

此前我曾参观过古罗马斗兽场。这个闻名古今闻名东方西方的斗兽场，在我远远地瞅见它的断垣残壁时竟无任何惊讶与新奇的感觉，对比起来远远不及贞节带对我灵魂的震慑。这原因恐怕在于中学的历史教师。

年轻的历史教员是一位非常优秀的老师，然而他无论如何也无法解决中国历史和世界历史进程中枯燥无趣的纪年或频繁如麻的王朝更迭的事件。一当讲到中世纪的黑暗和野蛮时，对古罗马斗兽场的情景却讲得有声有色，生动得使我几乎忘记了这是在上历史课。野兽从怎样的地下暗道放逐出来，奴隶又从怎样的地下囚室爬到场地上与野兽搏斗，我听得毛发倒提惊心动魄，这主要出自幼年时对野兽的恐惧。我们家乡最凶恶残忍的兽类只有狼，而狮子老虎比起狼来又厉害多少倍呀！一个奴隶面对一只饿过多日的狮子老虎直到被撕成碎块连骨带肉吞噬下去的情景，即使最缺乏想象力又缺乏同情心的人也要闭上眼睛。

也许是我上了些年岁，对野兽的残暴多了一些承受力，直到我站在古罗马斗兽场的场地上时，竟然是一种冷寂心境。我很自然地企图印证历史老师的描绘，企图印证小说《斯巴达克斯》的描写和同名电影里的印象，而眼下的一切都面目全非了。圈形的高耸的围墙大部分坍塌，残缺不全，如同一只凶兽牙齿七零八落豁豁牙牙的嘴；场内的看台也大都坍塌了，依然可以看出那个时候国王贵妃和普通看客的尊卑台阶；囚禁奴隶关锁野兽的地下洞穴也塌窑了，兽和人放逐出来的通道壕沟也壅塞不畅了……历史把鲜红的血和苦涩的泪已经风干风化，历史演进中人类的耻辱也被风吹日蚀得只余一张空干的破皮了。

我的年轻的历史老师绘声绘色讲述人类历史上最野蛮的这一幕情景时，肯定不会料想到一个背馍上学一日三餐全是开水泡馍的听讲学生，以后会站在真实的斗兽场的废址上印证他生动的讲述。又怎能完全冷寂呢？

当希特勒、墨索里尼和东条英机把整个世界变成一个大斗兽场的时候，人类的如斗兽场的发明者的本性在多次重复演练，才是真正令人触目惊心的。

……

贞节带是一种理论和法律的产物，贞节牌同样是一种观念和道德法绳的产物，同样残忍同等野蛮，然而在它们产生的那个时代却同样堂皇，同样神圣，同样合理；斗兽场和希特勒和东条英机同样自信他们的理论和这理论掀起的屠杀奴隶屠杀世界的战争……各个民族生存发展史中留下来的耻辱都钉到耻辱柱上了，然而那钉住的其实只是一张风干了的再无任何蛊惑力量的破皮。

幽灵呢？破皮风干之前原有的幽灵还有没有呢？会不会在某天早晨以一种更具蛊惑力量的装饰，重新向这个世界挥舞贞节带？

细腻了的英国人

英国和阿根廷之战，无疑是第一轮捉对拼杀中最具悬念的一场比赛。

20世纪80年代，英国和阿根廷为一个小岛的领土权发生过海战。英国人赢了，阿根廷输了。两个国家的积怨乃至仇恨是可以想象的。事有凑巧，此战后的两届世界杯，英国人与阿根廷人相遇，双方队员面对足下的那一粒谁也不曾陌生的足球，都聚足了许多非足球比赛本身的气儿，蕴积着本不属于通常的足球竞技的内涵。结果是阿根廷队一胜再胜，英国队败了一回又败了一回。阿根廷人以足球场上的赢缓解了海战中输的耻辱，而英国人在球场上的连续败绩使整个岛国国民蒙羞。贝克汉姆恶意地犯规被逐出场，无疑是导致第二次失败的关键因素，遭到几乎整个国民的唾骂，一个被器重被宠爱的骄子，顿时成为不堪重托不成器的歪瓜裂枣，久久被嘘声被唾液而包围，一个天才的球星同样得不到原谅，这难道仅仅只是一场足球比赛的输赢吗？

真是冤家路窄。英国队这回又鬼使神差地和阿根廷队在同一个小组遭遇了。我倒以为，这种不经意的巧合，可能正合着英队和阿队的心意，前者在于雪耻，而后者则要继续满足于海战失败的心理弥补。看看赛前的两国媒体的言论，就让我感到了这场比赛不属于足球竞技的沉重的意蕴。一家说，输给谁也不能输给他。另一家说，这场比赛的胜输比争夺冠军的决赛还重要。可见憋在双方心里的那一股气，比那粒足球里头所充的气更足。看来谁家都没有从国家和民族的面子（政治的）的狭隘里超脱出来……作为看客，这场比赛的悬念就更富于观赏性。

英国人终于赢了。

这个结局几乎又出乎世界舆论的预料。人们普遍看好阿队，而小看了英队，连英国人自己在赛前也是把自己摆在这场比赛的弱势地位，再加上英队首战瑞典的一般化表现，阿队的胜数连普通球迷也算定了。然而这一回不是前两回，赛前的估算宣告失灵，英国人硬是赢了。

没有必要再说这场逆转的输赢给两国球迷和球队带来的非足球因素的心理满足和亏空。我倒是对英国人在此战中的令人耳目一新的表演颇多惊讶。仅仅只看了十多分钟，我便发现英国人的战法不像印象中的英国足球了。英国人细腻了。英国人细腻到令人耳目一新的程度了。

英国在世界上是老牌资本帝国，亦是足球的老牌帝国。英式足球是欧洲足球打法的最典型代表。力量、粗犷、长传冲吊尤其是简捷的特点，发挥到了极致，不仅区别于南美的桑巴，也区别于同样崇尚力量型打法的欧洲诸国足球列强。在近年间欧洲各国逐渐糅合南美技术型打法的渐变过程中，英国足球依然遵循自己的传统打法，更显出英式足球的别具一格。而此次英阿之战，英国人祭出细腻的技术型打法，这恐怕连对手阿根廷人也不曾料到。令人感佩的事发生了，细腻了一回的英国人把素来细腻的技术型的阿根廷打败了，可谓以其人之道之技还治其人之身的成功一例。

英国队的突出特点是地面短传，轻巧机智，准确及时，很少有过去的长传冲击，既表现了巨大的耐心，又显现出娴熟精湛的传切配合功夫，此其一。灵活快速的反击，正得益于绝妙的脚下功夫，似乎个个队员都精通技术型球队的细腻功夫，倒是把阿队搅得无机可乘，此其二。欧文的细腻精巧的脚功正是这个群体的代表，一次过人又一个穿裆过球过人后的射门，击中门柱，惊得一片慌乱；欧文又一次晃过数人带球疾进，又创造了绝好的杀机；欧文在大禁区前沿巧妙过人直逼球门，迫使对方伸腿勾人犯规，得到了制胜的唯一进球（点球）。英国队最具威胁的几次进攻，都是欧文在禁区前沿以精妙灵巧的技术造成的。此场比赛不把最佳球员评给欧文，应该是一种不公。当然，欧文的这些机会的创造，正是得助于队友中后场的传递功夫，才能使他得到施展的良机。

英国人讲究起技术了，玩起细腻了，在地传球上敢于和阿根廷人过招斗法了，反而显得阿根廷人的技术不那么显眼了。他们可能准备了多套对付英国人粗犷简捷打法的战术，唯独没有考虑英国人会用这一套细腻功夫。世界上的事情往往就是这样。

英国人变得细腻了。变则通。变是顺时适世的发展规律，大到治国治军的方略，小到一粒小小的足球，都得顺应时世的发展，合拍于世界发展的潮流：日本搞了明治维新，清朝皇帝顽固于王朝旧制，两个相邻国家后来的发展至今令人痛惜。即如我们自己，小平一个改革方略，中国濒临绝境的经济一下子活起来了。不变是相对的，变是绝对的。英式足球固有其简捷的长处，也更富于雄性的魅力，然而糅进细腻的技术，又弥补了简捷中难免的简单和粗糙，则更趋完美，更有利于制胜，何必要一成不变抱住一种风格呢！文学艺术中也常见此类情景，一种主义容不得另一种主义，把自己追求的主义视为香包儿，把别人追求的另一类主义视为狗屎，形成门户之见文人相轻，已是文坛艺界的痼疾。只要稍微放纵视野开阔胸襟，各种主义自身其实都在变着，发展着，单是现实主义一类已经变化出多少新种了。各种主义的互相影响和互相渗透,达到了互相丰富互相完美互相发展,这是谁都看得见的事实。于今还在艺术上念一种经而排斥另一种经,不仅狭隘而且可笑了。

细腻了的英国人完成了一次成功的足球改良。不过,英国队主教练瑞典人颇有绅士风度,也甚为客观,他说英国队踢了七十五分钟好球,我真是为这一句话而深为感动。他没有因为胜利的结局而遮掩后十五分钟英国队的狼狈,这很了不起。后十五分钟的英国队守在窝口,被阿根廷队轮番轰炸,可谓险象环生狼狈不堪。在我看过的英国队乃至英超英甲联赛的赛场上,几乎从来也没见过这样的景象。我倒是想到这是中国队在领先时的惯常做法,尤其是那一场令人至今痛惜的与日本队的较量,就是死守窝口力保平局便可出线的小九九,被日本队一脚不大用心的远射所粉碎的。我此时突然想到,在世界足坛上何时见过英国人如此窝囊的熊样……然而英国人守住了,也赢了。

守住了后十五分钟,英国人皆大欢喜,然而这种窝囊和狼狈的死守,既不是传统的欧洲打法,也不是区别于欧洲的英式打法,更不是拉美的技术型打法,亦与发展到今天的足球潮流毫不沾边。英国人侥幸守住了十五分钟,如若设想再延长一分钟,完全有可能被阿根廷人攻陷城池。

瑞典籍教练只说踢了七十五分钟好球是客观的,对十五分钟的狼狈死守不作评述,言下之意也就不必说白了。仅此一点，就能看出这位教练是个可信赖的教练，也就可以推想这十五分钟的窝口死守的狼狈和窝囊，在英国人绝对不会再重演了。

那边的世界静悄悄

按照国内某些传媒和传闻给人的先入为主的印象，像美国和加拿大这些属于自由世界的国家，一切都是自由的，自由到想干什么就干什么完全随心所欲的形态，甚至自由到混乱无序的程度。走马观花式地到两个国家走了一趟，才发现满不是那么一回事，似乎也根本不像国人对自由的想当然式的理解，反而觉得那边的人起码在某些方面还很呆板，某些方面还不如国内自由。

我们说得最多的是言论自由，可以在大街上骂总统而不担心被传讯。

我所走过的五六个城市没有看见谁这样骂过，甚至连一些吵架骂仗的场面也没有发现。在纽约的地铁车厢里，无论白人黑人还是黄皮肤的亚洲人，大家都静悄悄地坐着或站着，有的看书有的看报纸，什么也不看的人就呆呆地端端地坐着或站着，没有人说话，没有旁若无人声贯车厢的交谈，更没有肆无忌惮的浪谝和浪笑，偶尔有认识的人打招呼或说点什么，也是轻微到只让对方听见就行了。有时很空有时又很挤的车厢里都是静悄悄的，只有火车穿行在地下隧道里的机械运行时单调的回响，就是这么24小时昼夜不停地运行着。据说美国法律没有关于在地铁里大声喧哗违法的条律，车厢里也没有张贴悬挂不许喧哗不许吐痰不许乱扔果皮纸屑的牌子。大家都不说话显然不是美国种系的人生性寡言，也不是法律制约或罚款强迫制裁的结果，那是一种社会生活的无形的公约，自然的习惯，个人的修养。你大声喧哗浪说浪谝浪笑干扰了别人，你也同时会被别人在心里斥为缺乏修养的人而不受尊敬。

有次在地铁里碰到一位演说的黑人，他肯定是从前面的车厢蹿到我坐的这节车厢，放下一只黑提包就开始讲演。我听不懂英语，但从他说话的腔调说话时的表情和打出的颇为有力的手势来判断，对什么事义愤不平因而情绪激昂慷慨。陪我的朋友悄悄告诉我，这个黑人在骂纽约市市长。说那个混蛋市长竞选时曾许诺改善失业者的生活，结果是当上了市长就把许诺忘记了，失业者的救济金没有增加一个钢镚儿……令我惊讶的是，他的长达十余分钟的演讲过程中，车厢里寂然无声，看书读报的人依然津津有味地阅读，闭目养神的人懒得睁开眼睛，无论白人黑人，几乎没有谁有兴趣看演讲者一眼,更没有凑热闹瞎起哄的现象。那黑人演讲完毕就从皮包里掏出一件什么小物品推销,一件也没有售出,就提着包蹿到后边一节车厢去了。他走了,车厢里仍然没有丝毫反应,对黑人演讲者的行为没有任何褒贬和议论。是美国人对这种事见多不怪习以为常,还是生性冷漠?

在人群聚集的场合,没有我们的城市里那种嘈杂的市声。无论大饭店或小饭铺,无论白人开的西餐馆或华人开的中餐馆,食客选好食物就坐在餐桌上静静地吃喝,没有猜拳行令,没有喧哗,即使结伴而来的三五朋友在一桌进餐,交谈也是小声地进行,绝不影响邻近餐桌的食客……为了贴近美国社会生活的各个角落,我坐火车也坐公共汽车,所有这些公众场合,男男女女的乘客也都和地铁饭馆里一样安静地旅行或进食,使人感到一种清静、一种轻松、一种和谐。

而居民聚居区更是一种难以理解的静谧。在大波士顿的一个中产偏下阶层聚居的小城里,各式各色的尖顶木板小楼房鳞次栉比,一般都是三层或二层的私有住宅。我住在一位华人家里,首先惊讶的是这里的安静,从早到晚听不到人的说话的声音,不必说引车卖浆提篮卖蛋的吆喝,连孩子的戏耍的声音也听不到。早晨起来走出后门,树上是一片鸟鸣,邻近的一位看去年过七旬的老头儿往草地上撒着面包渣儿,鸟儿便从树上扑落下来,在老人的脚下啄食早餐。松鼠也从树上溜下来,与鸟儿争食。凡是街树的地方,到处都可以看见松鼠在树枝间跳跃,动物和鸟儿对居民的信赖达到了无防无虑的状态。

这个几万人聚居的城镇从早到晚都是静悄悄的,家家的汽车来也悄然无声,走也悄然无声,没有喇叭鸣笛之声。唯一破坏这宁静的是偶尔传来的狗叫,美国人爱养狗,一般都在屋子的狗居室里,但每天都要遛狗,狗的叫声大都是遛狗时牵出屋子的叫声。在这里住着,我望着稠密的尖顶楼群,对这里的安静总有一种不可思议的感觉,总是无端怀疑那些漂亮的建筑物里是否都有人居住,然而从家家门口停放的汽车判断是不容置疑的。人居住在这样恬静的环境里,即使有什么窝火的情绪也都容易平息舒缓下来,起码有利于心血管脑血管有毛病的人养息。

如果说公众场合的良好秩序凭的是每个公民的自觉来维持,那么对酒的严格限制却带有法律的严肃性制约。美国的大小餐馆都不许售酒,各种饮料应有尽有,可乐咖啡果汁等,都是不含酒精的,连啤酒也不许在餐馆销售,一边吃饭一边喝酒是不可能的。酒类只许在酒的专卖店和酒吧里销售,那里有世界各国的名牌酒供你选择,然而晚上12点以后全部停止售酒。

在温哥华的最后一晚,朋友让我看看温哥华的夜景,转转大街小巷,看看夜里的海滨和夜色中的原始森林,反正明天到飞机上可以睡觉,我便兴趣十足地去了。转得夜深了,朋友问我想吃点什么想喝点什么。我说什么也不想吃只想喝一瓶啤酒。转着找了几条大街小巷,所有尚未关门的饭馆和酒类专卖店都拒绝出售,而且很有礼貌地摊开手笑一笑,说这是国家规定的。

那一夜尽情享受了一个环绕在海滨和原始森林之中的现代化城市的夜色,唯有缺少了一瓶啤酒的遗憾。其实,这遗憾的另一面,是我对那几位店主的尊敬,他们尊重政府的关于酒的法则,其实是公民对国家的尊重,也是一种职业道德。

和一位律师吃饭,在朋友家里自然可以喝酒了,然而律师说,他这种职业是不允许喝酒的。这个规定的唯一目的,是怕律师喝得神经兴奋胡说八道。为执行这一规定,律师的管理机关说不定某一天通知某律师到医院去突然抽血化验,一旦发现血液里有酒精,便停止律师一季度的营业,连犯两次便取消律师资格。这位律师朋友说,自己的职业本身就是以法律为神圣的,自己如果不遵守律师自身的职业规定,连自己心理上都难以自信起来。这显然又是一个职业道德和人本身修养的内质性话题了。

如果从这几个方面来对照我们,我们显然比美国加拿大人自由度大得多。而这究竟是一种光荣的自由,抑或是一种丑陋的习惯?按某些传闻,似乎美国自由到可以为所欲为的说法,显然只是一种猜想。

我不可能在短促的时间里了解这些国家的政治集团和商业集团的内部结构,我对那里发达的交通和城市设施也大开眼界,然而我更注意或更感兴趣的是,看看美国的最普通的人是怎样生活着,最底层的美国人以怎样一种形态一种情绪过他们的日子。结果却发觉这个号称自由世界里的人们过着静悄悄的生活。

现代文明显然不单是物质一面，现代人自身的文明修养，高尚的操守，从根本上决定着一个社会的基本形态；而健康健全的心理形态，对于整个民族的复兴复壮来说，是决定性的素质；如此，才能形成一个既有益于生理健康又有益于心理情绪的生存环境。

感受文盲

从洛杉矶飞往温哥华的班机起飞以后,我和王教授不约而对视。教授说:"好像飞机上没有中国人。"我说:"这回麻烦了。"这是跨越国界的飞行。按照国际航班的公例,在这个国家进入另一个国家的海关之前,须先填写一张入境卡。我和王教授的麻烦就出在这张卡上。卡上的文字是英文,而我们两人谁也读不出一个英语单词更不要谈书写了,这张卡片就成为一道名副其实的关卡了。此次旅行之前,其实就担心着这个麻烦,然而却寄托着一份侥幸,这个航班上说不定会有中国人可以帮帮忙。此前我俩从北京飞往波士顿的途中,就是靠一位赴美留学的青年代替填写那张卡片的。一次侥幸会给人轻易地造成又一次侥幸心理的产生,况且明知在美国和加拿大的中国移民人数逐年骤增。其实在王教授开口之前,我早已把整个座舱都巡视过了,一色的白色人种,点缀着几个黑色和混血的男女,偏不见一个中国人,甚至连一个容易混淆的日本人和韩国人也没有。侥幸毕竟是侥幸,可指望者渺渺。

空姐来了，发给每个乘客一张入境卡。我接过那张卡片就用手势向她申述我没有书写能力。从眼神和手势判断，她明白了我的无能并示意我等一等。

我就等着。教授也等着。我手里捏着那张卡，有点百无聊赖的意味。卡片是淡黄色的，看一眼是无可奈何，再看一眼仍是奈何不得，溜一眼前后左右那些以英文为母语的乘客或随意或斯文或认真地填写卡片的种种神态，我突然想起母亲。在我们家里，母亲是唯一的文盲，父亲不在家时，她常把远方姐姐的来信递给我说："给妈再念一遍。"有时候纯粹是一张毫无保存价值的药费单子或什么字条，她不敢轻易扔掉："你看这里是个啥单子有用没用。"我那时候确曾感到过小小年纪能识文断字的优越，却很少能体味文盲母亲的心情。现在轮到我必须做出把这张鬼卡片送到别人手里去帮助辨识的动作了。我才真切地体味到了作为一个文盲的含义，颇觉用"睁眼瞎子"譬喻文盲真是一个准确而又绝妙的语汇。

那位空姐开始收回入境卡了，她在我俩跟前时笑着点点头就走过去了，两张只字未填的卡片由我俩继续拿着。教授对我做出无奈的眉眼："咋办？"我还给教授一个同样无奈的眉眼："这个麻烦只好交给美国人民了。"教授说："反正不至于把咱们再运回洛杉矶吧？"我说："那就要看这航班上的美国人民友好不友好了。"

过了一阵子，那位空姐专程走到我和王教授的座位前，又是做眉眼，又是打手势，眉眼做得很生动，涂红的嘴唇尤其生动，手势也打得十分灵巧，然而表达的意思却无法传递给我们哪怕百分之五十，她也无奈地笑了。教授终于从她指向空中的一个手势领悟出来，她们用广播询问过机舱里的所有乘客，看看谁懂中文，帮助两个不懂英文的中国人填一下入境卡，结果是一个也没有。她对于王教授能理解她的手语眼语很高兴，不断地颔首点头，随后就示意我们继续拿着那个卡片等待。她又忙她的事去了，一会儿推着装满饮料的推车来了，一会儿又推着小推车送便餐来了。每一次来时似乎倒成了熟人，做一个友好坦诚的微笑，把一样一样的饮料拿起来供我选择，因为不识英文，就无法判断里面的内容，想随便拿一样，能喝就喝不能喝扔掉算了。她依然耐心地继续把各色包装的饮品拿给我看，随之又拉开抽屉，我终于看见了可口可乐的熟悉装饰，便自己挑出来。她也高兴地笑了，有点得意兼调皮的样子。

我和王教授便不再担心被重新拉回洛杉矶了，尽管这卡片依然空白，也不明白最终的结束方式。我反而有点感动，想到前几日从波士顿到洛杉矶的飞行。尽管这是美国国内航班无须填写入境卡，送行的友人还是不放心，把我俩领到登机验票入口处，对一位值班的女孩说，这两个中国人不会英语，希望上下飞机能予以关照。她立即填写了两张通行卡片交给我和王教授。友人解释那卡片的内容，注明了我们需要帮助的问题，只要交给飞机上的空姐或空弟就行了。我和王教授就坐下等待验票登机，却也想在飞机上需要帮助的肯定不只是我们，因为这卡片的设置早就为许多人帮过忙解过麻烦了。验票登机的时间即到，验票人员也提前到来，分列入机口两侧，乘客们开始提携行李排队。那位给我们开通行路条的女子突然走过来，示意我们跟她走。她对验票的人说了几句，就领着我俩第一批踏进了通道，直到走进飞机。她从我手里把那张她填写的路条或卡片拿过去，交给一位当班的空姐，又说了几句，就转身走开了。我和王教授坐到自己的座位上，大约五六分钟之后才见乘客们涌进机舱来，真是懊悔没有对那位路条女子说一句感谢的话。我对王教授说："这位美国女子好像没有使用微笑却把我们感动了。"王教授说："对于顾客来说其实只要服务质量就够了。"

飞机抵达温哥华。我和教授走到机舱门口，发现那位空姐正在等着我俩。她领着我俩随着人流穿过长长的走廊，走到出口亦即海关验卡处，让别人先走，直到只剩下我俩时，她把那两张依然空白着的入境卡交给了加拿大国的守关人员，又交待了些什么，转过身来又那么含着调皮意味地笑笑就匆匆走去了。

我现在才直接面对加国的守关大汉了。大汉长得又粗又高，坐在出口的钢铁栅栏上，满不在乎地瞅着我们，随即拨动了电话。一会儿工夫就有一位黑衣黑裙黑头发的中年女人走来了，终于看见了一位熟悉的中国人。加国大汉拿着卡片又掏出钢笔，由那位黑蝴蝶女士用中文发问，又用英语翻译给他,便一项一项填写着,脸上现出多一番劳累的不悦,所以仍然大大咧咧地坐在栅栏上,而宁可让旁边的椅子闲着。当问到我们的职业和在温哥华的接待单位时,王教授报出了我们的作家职业。那大汉倚在墙上的脊背挺直起来,随之从栅栏上跳下,瞬即转换出一脸笑来:"作家?噢!作家!欢迎你们到温哥华。"他伸出一只手前倾着身子做出一副友好而又滑稽的姿态,憨憨地笑着送我和王教授通过他把守的关卡。

地铁口脚步爆响的声浪

我们下榻的宇宙宾馆，是20世纪80年代苏联为举办夏季奥运会专门修建的一座高层建筑。20多年的时间虽然称不得古也说不上老，却仍然让我有一缕世事兴亡历史沧桑的思绪，苏联已经没有了。记得当年要在莫斯科举办这届奥运会，牵头世界一极的美国带头抵制，欧美不少国家跟着起哄，搞得那届奥运会有点索然。中国不是响应美国，而是累积50年代末以来的意识形态分歧，也不参加"苏修"举办的奥运会。奥运会历史上，恐怕就数这一届闹得最别扭了。时光仅仅过去20多年，作为当时世界另一极的苏联，早在十多年前解体了，只剩下美国一极横在当今世界上。这座有着特殊历史意味的建筑物依旧竖立在这里，每天都进进出出来了去了世界各国的游客，傍晚竟将宾馆的大厅拥塞得水泄不通，多样肤色的男女老少，到今天的俄罗斯观光旅游，人窝里夹杂着一眼就可以辨识出来的不少中国人，当年的敌意和分歧似乎连一缕游丝的痕迹也看不到了。

宇宙宾馆在莫斯科老城的外围，距离市中心的红场还有一段不近的路程。我们今天的行程是去红场，大家乐意乘坐地铁，也是想见识一下这个号称世界最深的地铁的规模。莫斯科的地铁起动于斯大林时代的1935年，大约30年代末开始运行，由时任莫斯科市委书记的赫鲁晓夫主持实施。据说当时有两个建设方案，其一是由一位铁路专家并兼着权威意义的人设计的，明开直挖，比较浅，自然省钱也便于施工；另一个是由一位名不见经传的年轻人设计的方案，深达80米，施工难度工程进度和花钱都非同一般了，其理论基础是万一发生战事，可当作防空洞供市民避难。两个方案难于选定，最后直送到斯大林手上，当即拍定了年轻人的方案，世界上随后就有了一条深入地下80米的铁路。不幸而被那位年轻人言中的事发生了，地铁刚运行不久，德国法西斯便攻打莫斯科，斯大林的指挥部就潜藏在深入地下80米的地铁里。这是迄今为止世界上最深的一条地铁，建成近70年了，一直运行到现在，还是属于莫斯科载客量最大也最便捷的公共交通设施。

我和朋友步行往地铁站走去。街道上川流不息着汽车，没有自行车，行人也不多。清晨碧透的天空，洒下明朗的阳光，城市显得明媚清爽。待转过一个街角，人骤然密集了，气氛也显得异样的紧张了。对面急匆匆走过来一眼望不尽的男人和女人，我的左侧和右首不断冲向前去一拨又一拨男人和女人，高跟鞋敲击地砖的脆响不绝于耳。愈往前走愈接近地铁站口，人愈密集，如同过江之鲫，鱼贯而过却不远去，从三面往地铁站汇聚。或素雅或艳丽的夏日女装稍纵即逝，或周整的西装或随意的便服与女性的色彩互相折迭互相掩盖。无论男人女人老人少年，无论高个长腿无论矮子肥腰，几乎百分之百一致向前，快脚阔步，摆甩手臂，一往无前的快节奏；几乎百分之百的人都挺直着身子，目不斜视，端直平眺，看不到一个东张西望左顾右盼的眼睛，只有专注于目标的单纯和执著。娇俏如五月芦苇的女孩，跨步轻盈如同芭蕾点地，粗壮到两人合抱也难得围拢其肥腰的妇女，富于快节奏的步履更显示着一种自信。地铁站门口，已经是一片人流，人与人的空间很小很小，却没有拥挤和混乱，更没有碰撞或搅缠。令人惊异的是，这样密集的人流往前涌动，而所有人的脚步并未放慢，人流往前流动的节奏也不见趋缓；整个进站口里外是一片高跟鞋钉敲击地板的震耳的声响，唯独听不到一句说话的声音，更不要说吵闹、呼喊或喧哗了。我被眼前的景象和耳际的响声震惊了。

我相信这是我所见过的最密集的人群所达到的最有秩序的运动行为。我多少也走过几个国家，这是我见过的节奏最快的人群的脚步。及至地铁自动扶梯入口，踏上台板，便看到站得满满当当的乘客向深不见底的地下运动，依然是安静无声。令我尤为感动的是，本来并不宽畅的电动扶梯，川流不息着如此稠密又如此急迫的人群，却在下行的这一通道的右边，自觉留出一条空道，乘客全都靠着左边站着。那些事情急迫或心情也急的人，不满足于电梯运行的速度，从上往下如山羊蹦崖一样跨越着往下去了，有女孩也有胖妇，有脚步轻捷的小伙，也有脱光头发肢体已显着老态的老汉，不时从电梯台阶上往下蹿。据说因为这地铁太深，电梯运行的速度也是同类中最快的，单程不过两分多钟。那些踏级而下的急性子，兼着自动运行和自身运动的双重速度，估计一分钟就抵达洞底了，就可能提早赶上一列火车。这儿有这么多人在争分夺秒，赶着自己人生的行程。

　　我踏上一列到站的地铁，在不算十分拥挤的车厢里扶栏站定的时候，静悄悄的车厢里让人感觉到加骤了的心跳。我和同行的朋友没有急迫的事，也就没有必要用莫斯科人的脚步节奏赶路，更没有从电动扶梯小跑下去的举动，这心跳何以如此加骤？我才意识到地铁入口里外震天响着的鞋跟撞地的声浪。是这声浪拍打人的耳膜拍打人的神经，被触发被感染而于不觉间变得激越了。我站在车厢里，隆隆响着的车轮的回声灌进耳朵，却不紊乱，这是机械的律动。在这一时刻，我把一些有关俄罗斯人的传闻推翻了。人说俄罗斯人很懒。懒人怎么会有这样迫不及待的行进节奏和如同征程上的脚底的脆响！这是8月下旬最平常的一天的早晨，数以千万计的莫斯科男女以王军霞竞走的姿态和专一的神情赶赴地铁入口,可以推想莫斯科每一个地铁入口处,每天早晨都踏响起这样令人心跳加骤的声浪,世界上哪有这样的懒汉?

我也听说莫斯科到处都是喝得醉醺醺的酒鬼,喝伏特加已成为一种灾难性的普遍习性。到俄罗斯一周,我确凿于一瞥间看到过一个在路边长椅上躺着扭着的胖男人,猜想大约是一个醉汉。我没有机会到大街小巷酒馆公园去踏访醉鬼的行径,不敢贸然否定这个传闻。然而看到地铁站前令人惊心动魄的景象,我想还操有多少醉鬼这份闲心又有什么意思。我们从莫斯科到彼得堡再回到莫斯科,共同惊讶这两个城市年轻女性的低胸开领和低腰乃至无腰裤的着装。尤其是在彼得堡,几乎看不见能掩住肚脐的年轻女性,这儿年轻女性的低腰已经不再成为时髦,而是普及到一律化了。我一瞬间想到鲁迅先生几十年前挖苦中国人论人说事要"离开脐下三寸"的话,然而在彼得堡你是离不开也躲不及那大面积裸露的小腹的。人家有勇气展示腹脐之美,我们倒无胆量去欣赏了。莫斯科的年轻女性露脐之风虽不如彼得堡普及到一律化,却也比比皆是,躲犹不及。我倒是想,那些胸领开得很低裤腰也落得很低的女性,清晨的阳光里奔向地铁的脚步一样冲冲而又匆匆,挺挑的身材一样端直而不失婀娜,高跟踩出的叮叮咣咣的声响,洋溢着青春旋律和生命活力,还有一种奔赴明天的自信。我在地铁自动扶梯上,同时看到这样最时髦装束的女孩不能等待电梯运转的速度,颠着蹦着从台阶上加速度奔下去。无需猜测,她们是赶到自己的工作岗位上去,自然可以想到是莫斯科各个位置各个角落的某个工作位置。她们进入自己的位置,整个莫斯科就活起来了,就继续着生活继续着生产继续着创造,这个城市就充满了活力。

我们到站之后,再乘上行的电动扶梯,依然是几乎乘无虚阶的满负荷运转,又在电梯的右侧,自觉留出一条专供事由更紧迫性子也急的人往上跑的通道。往上跑比往下蹦要费劲吃力多了。然而,仍有人不安于电梯运行的速度,往上踏级急走,在争分夺秒。以这样的节奏以这样专注的神情进入生活岗位的人,可以猜想他们工作起来的姿态。我便感到这个民族内在的劳动激情和内在的创造力了,可以推想他们的明天和未来了。

林中那块阳光明媚的草地

　　早晨醒来便听见哗哗哗的雨声。拉开窗帘就看到满天低沉的黑云，从黑云里倾泻而下的雨条闪着些微的亮光。到俄罗斯整整一周了，走到哪里都是蓝天白云下碧透的天空和鲜亮的阳光，今天遇到下雨了。有阳光又有雨，当是感受俄罗斯大地自然天象变幻的一个小小的又是难得的完满。

　　冒雨去图拉，拜谒托尔斯泰。车行四小时，大雨一路都在不歇气地下着。我总是忍不住拉开车窗，开阔的原野覆盖着望不透的森林，无边无沿的草场，都笼罩在迷迷漾漾的雨雾里。飞进车窗的雨滴打湿了我的头脸，这是托翁故乡的雨。临近图拉城的标志，是路边终于出现了人。一顶顶简便装置的帆布或塑料帐篷,零散地撑持在公路边上,摆列着一排货架,守候着一个一个女人,都在卖着以图拉命名的饼子。据说这种饼是闻名俄罗斯的土特产品,以黑麦制成,别有一番独特绵长的香味且不论,绝不添加任何防腐剂却可以存贮半年以上,久享盛名。看着在雨篷下守候过路客捎带图拉饼的女人,我顿然联想到家乡关中类同的情景,每到五月初,通往我的白鹿原的原上和原下的两条公路边,便摆满一筐筐一笼笼刚刚摘下来的樱桃;通往临潼秦兵马俑的路旁,九月的石榴和九月末的火晶柿子招惹着世界各方的男女;还有去女皇武则天陵墓的路边,垒堆如小塔的锅盔,既可以整摞整个售购,也可以切成西瓜牙儿一般大小零卖,还有人索性就把大铁锅支在路边现烙现卖。乾县的锅盔虽不及图拉饼的盛名,却在遍地锅盔的关中独俏一枝,皮脆里绵,满口麦子纯正的香味,武则天在锅盔的香味里滋润了1000多年,该当改为女皇牌锅盔了。看着那些伫立在路边的图拉女人,我想大约和关中路边守候的农夫农妇一样,卖下钱不外乎盖新房,供孩子读书,以及为儿女娶媳妇办嫁妆。托翁故乡的农民和关中乡民谋求生活的方式和思路如出一辙。

车过图拉城时,雨缓解松懈下来。汽车穿过图拉城,从街面建筑和街道的景致看,都显示着一种久远的陈旧,与中国任何一个中小城市一夜之间的全新面目都显示着距离性差别。雨时下时停,出图拉城就看到远方天际一抹蓝天和阳光。拐过两个交叉弯道,就看到一排很长的林木遮蔽下的围墙和一个阔大的门,这就是托翁自己命名的"林中那块阳光明媚的草地"——庄园故居了。

站在宽大的门口,一眼看见两排整齐高大的白桦树的甬道,通向林木笼罩的深处。我跨进大门并走上白桦树下的甬道,踏着用三合土铺垫的大平小不平的路面,庆幸自己终于有缘走在遍布着托翁脚印的土地上了。托翁一生都走在这庄园里的大路小径果园耕地和林荫草地上,我踏在已经消失沉寂了托翁脚步响声的印痕里,依然感知着一个伟大灵魂神圣的灵性。白桦树依然枝叶茂盛,白色鲜亮的树皮浮泛着诗意。头顶的枝叶不断洒下水滴。甬道土路的小坑浅洼里积着雨水。左边有一排涂成灰蓝色的木板房,是马厩,庄园里曾经耕田拉车以及溜达的好多匹马,就养在这里,现在依着原样原封不变地保存着,自然都已经圈干槽净了,我似乎还可以闻到马粪马尿和畜生混合的气味。甬道右边还有一排蓝灰色的木板房,是贮藏草料和马具的库房,可以看到门里散落的干草,还有犁具、围脖和套绳,似乎刚刚罢耕归来卸下,散发着马脖子的骚味儿。还保存着农耕生活记忆的我,顿然浮现出这里添草拌料和骡马踢踏喷鼻的生机勃勃的图景。现在是一片人畜不在的冷寂。

甬道尽头往右拐进去,是一座涂成黄色的两层小楼,这是托尔斯泰的居室和写作间。下层一个大约不超过十平方米的小屋子里,托翁写成了《战争与和平》。我站在这间屋子的一瞬间,弥漫在心头的神秘顿然散失净尽了。一张不大的木板桌子，不仅谈不上精致或讲究，大约当初只刷过一层清漆，可以清楚地看到被磨损的或粗或细或直或歪的木纹；可以猜想长胳膊长腿的托翁伏案写作时，肯定会摊占大半个桌面。房间里还有一只小茶几和一张单人床，这床也应是我见过的最窄的一张床了，当是写得腰酸臂困时伸懒腰的设施。房间不仅没有装饰装潢，更没有如中国文人惯常装备的字画铭题之类，连一个像样的书架都不置备。

到二楼的一间几乎同样小的房间里，也是漆成淡黄色的一张木桌，椅子的四条腿截断了一节，低到如同我家里的马扎。据说是托翁视力不好，椅子低点就可以缩短眼睛和稿纸的距离，避免了低头躬腰。在这间小小的简便到简陋的书房里，托尔斯泰写成了《安娜·卡列尼娜》。我还想看看写作《复活》的房间，讲解员说这部写作长达十年的小说，托尔斯泰先后换过三个写作间，没有解释换房的原因。我走出这座二层小楼时，脑子里就突显着两张淡黄色的木桌。我更加确信作家从事的写作这种劳动，最基本的条件不过就是一张桌子和一把椅子，可以铺开稿纸可以坐下写字，把澎湃在胸腔的激情和缠绕在脑际的体验倾泻到稿纸上就足够了，与房子的大小屋内的装备和墙面上贴挂的饰物毫无关系。说句不算抬杠的话，如果脑子里是空乏的胸腔里是稀薄的，即使有镶着宝石的黄金或白银的桌椅也无济于事。无论如何，我至今还想着那把太低太矮的椅子，坐上去就得把腿伸到很远，坐久了会很不自在的，何不加高桌子的四条腿，同样可以达到既不弯腰低头而缩短眼睛和稿纸的间距，况且能够让双腿自由自在地曲伸……

在这座托尔斯泰写作和生活的黄色小楼前，有一块不大的空地，该当算作院子吧。在这方小院的三面，都是稠密到几乎不透阳光的树林，林间长满杂草，俨然一种森林的气息。楼前的这方小院，除了供人走的台阶下的土路，也都栽种着花草，却不是精细琢磨的管理，完全是自由生长的泼势。花草园子里有一棵合抱粗的树，不见一片绿叶，粗壮的枝股和细细的枝条，赤裸在空中，在四周一片浓密的绿叶的背景下，这棵树就令人感到一种死亡的凄凉。

我初看到这棵枯死的树时，就贸然想到保存它与周围的景致太不协调，随之了解到这棵树非凡的存在，竟然有一种内心深处的震撼。枯枝上挂着一颗金黄色的铜钟，我初看时就想到小学校里上课下课敲出指令的铜钟。托尔斯泰属于贵族，却操心着贫苦农民的疾苦和委屈，以真诚之心帮助那些寻找救助的人，久而久之，那些四野八乡遭遇困境的乡民便寻到这个庄园来。托尔斯泰在楼前院子的这棵树上挂了这只铜钟，供寻访的穷人拉响，托尔斯泰就会放下钢笔推开稿纸，把敲钟的穷人请进楼里，听其诉叙困难和冤屈，然后给予帮扶救助。据说有时竟会在这棵树下发生排队等候敲钟的现象。然而没有哪怕是粗略的统计，曾经有多少穷人贫民踏进这座庄园走到这棵树下，憋着一肚子酸楚和一缕温暖的希望攥住那根绳子，敲响了这只铜钟，然后走进了小楼会客厅，然后对着胡须垂到胸膛的这位作家倾诉，然后得到托尔斯泰的救助脱离困境。

这棵曾经给穷人和贫民以生存希望的树已经死了，干枯的枝条呈着黑色，枝干上的树皮有一二处剥落，那只金黄色的铜钟静静地悬空吊着，虽依原样系着一条皮绳，却再也不会有谁扯拉了。救助穷人的托尔斯泰去世已近百年，这棵树大约也徒感寂寞，已经失去了承载穷人希望的自信和骄傲，随托翁去了。

托翁晚年竟然执意要亲手打造一双皮靴，而且果真打造出来了，而且很精美很结实也很实用。我自然惊讶这位伟大作家除了把钢笔的效能发挥到无可替及的天分之外，还有无师自通操作刀剪锥针制作皮靴的一双巧手；我自然也会想到这位既是贵族庄园主又是赫赫盛名的作家，绝不会吝啬一双靴子的小钱而停下笔来拎起牛皮；恰恰是他几乎彻底腻歪了已往的贵族生活，以亲自操刀捏锥表示向平民阶层的转向和倾斜。一种行动，一种决绝，一种背离。我在听着那位端庄的俄罗斯姑娘说这个轶事时，瞬间想到曾经在什么传媒上看到谁说谁已有了贵族的气象和派势，显然是一种时尚推崇。我似乎感到某些滑稽，昨天还用旧报纸（城里人）和土圪垯（乡下人）擦屁股，一夜睡醒来睁开眼睛宣布成了贵族了……托尔斯泰把他精心制作的这双皮靴送给一位评论家朋友。这位评论家惊讶不已，反复欣赏之后，郑重地把这双皮靴摆到书架上，紧挨着托尔斯泰之前送给他的 12 卷文集排列着，然后说：这是你的第13卷作品。这话显然不单是幽默，是以俄罗斯人素有的幽默语言方式，表述出对一位伟大作家最到位最深刻的理解。

我真感觉到幸运，在林中的这块草地上领受到了明媚的阳光。雨在我专注于黄色小楼里的一张桌子一把椅子一张照片一页手稿的时候，完全结束了。头顶是一片蓝色的天空和自在悬浮着的又白又亮的云。林子顶梢墨绿的叶子也清亮柔媚起来。阳光从枝叶的空隙投到林子里的硬质土路上，洒在小小的聚蓄着雨水的坑洼里，更显一种明媚。走到一大片苹果园边，天空开阔了，阳光倾泻到苹果树上，给已经现出颓势老色的叶子也平添了柔和和明媚。树枝上挂着苹果，有的树结得繁，有的树稀里八拉挂着果子。苹果长足了时月停止再长，正在朝成熟过渡，青色里已淡化出一抹白色。从果树的姿势看，似乎疏于管理；从果型判断，当是百余年前的老品种了，在中国西北最偏远的苹果种植区，早在十几二十年前都淘汰了。这些苹果树和大面积的园子，自然完全不存在商业生产的意义，而是作为托翁的遗存保留给现在的人，现在依然崇拜和敬仰这位伟大灵魂的五湖四海的人。我看不到托翁了，却可以抚摸托翁栽植的苹果树，在他除草剪枝施肥和攀枝折果的果林间走一走，获得某种感应和感受，不仅是慰藉，而且是一种心理的强力支撑。

沿着一条横向的硬质土路走过去。湿漉漉的路面上有星星点点的阳光。路两边是高耸的树，从浓密的树叶的空隙可以看到碎布块似的蓝天和白云，平视过去则尽是层层叠叠的湿溜溜的树干。我尽可以想象雨后初霁的傍晚，阳光乍泄的林间树丛中，托翁拨开草叶采摘蘑菇的清爽。树林间有倒地的枯木，杆皮上生出绿苔和白茸茸的苔衣，都依其自由倒地的姿态保存着，更添了一种原始和原生态的气息。这里已没有了剪枝蔬果吆马耕田采蘑制靴的托尔斯泰的身影，没有了闻铃迎接穷人听其诉苦的托尔斯泰，也没有了在木纹桌前摊开稿纸把独自的体验展示给世界的托尔斯泰了。然而，一个伟大的灵魂却无所不在。恰在我到这儿来之前几天，《参考消息》转载一篇文章，说欧美一些作家又重新阅读陀思妥耶夫斯基和托尔斯泰了。我便想，小说的形式和流派如狗追兔子般没命地朝前抢着，跑到最后，终于有人歇下来缓口气，又往来路上回眺了。看来似乎没有完全过时的形式，只有空虚肤浅的内容最容易被淡忘被淹没。

　　横着的路出现了三岔口，标示左边通托翁的墓地。路上的光线似乎暗下来，许是树木更密了，也许是太阳光照角度的差异，路面和小水坑里已经看不到亮闪闪的光斑了。在树林的深处，看到了托翁的墓地，完全是意料不及想象不出的一块墓地。在一块临近浅沟的边沿，有一片顶大不过十平方米人工培植的草坪，中间堆着一道土梁，长不过一米，高不过半米，是一种黑褐色的泥土堆培而成。上面没有遮掩，四周没有栅栏防护，小土梁就那样无遮无掩地堆立在小小的草坪上。我站在草坪前，竟有点不知所措。这样简单的墓地，这样低矮的土梁标志，比我家乡任何一个农民的墓堆都要小得多。没有任何碑石雕像，就是一坨草坪一撮褐黑的泥土，标志着一个伟大灵魂的安息之地。那个小土梁上，有一束鲜花。我在转身离去的一瞬，似乎意识到，托尔斯泰是无需庞大的墓地建筑来彰显自己的，也无需勒石刻字谋求不朽的，那小小的草坪和那一道低矮的土梁，仅仅只标示着一个业已不朽的灵魂安息在这里。

离开墓地和通往墓地的林间幽径，有一片开阔的草地，灿烂着红的白的紫的金黄色的野花。季节还算是夏天，雨后的太阳热烈灿烂，仍不失某种羞羞的明媚。我沉浸在野草野花和阳光里，心头萦绕着托翁为自己的庄园所作的命名，"林中那块阳光明媚的草地"，真是恰切不过的诗意之地，又确凿是现实主义的具象。

访泰日记

1985年12月20日

北京—曼谷

海关

一个铁栅小门的上方，挂着块木牌，白底儿，蓝字，端端正正写着"海关"二字。当我一眼瞥见这两个字同时跨进小门的时候，心儿微微震颤了一下，海关！跨过这个木牌下的窄窄的小通道，那就意味着我已经跨出祖国的大门了。

波音707九时许从北京机场起飞，当我踏上舷梯，心里才强烈地反射出一种意识：我即将进入一个完全陌生的国度，一个无法具体想象的谜一样的国家。我隐约记得，在中学的世界地理课上，我第一次记下了泰国这个名字，首都是曼谷，南边有一个暹罗湾。我曾经因为把"暹"字误读成"遇"字而引起地理科任老师和同学们的哗笑，从而使我异常深刻地记住了这个海湾的名字。现在,我将有幸去那个海湾国家了,地球的那个角落里的居民,是以怎样的形态和秩序生活着?

下午六时,飞机抵达曼谷机场,当地时间五点钟,时差一小时。欢迎仪式在机场小客厅举行。

泰国作家协会副主席平开女士致欢迎辞。她坐在沙发上,左手搁在左腿上,右手握着左手,轻声慢语的音调,亲切自然的微笑,虽然根本听不懂一个字,我已经完全判断出她说的全是很诚挚的话了。老孙一翻译过来,果然如此,亲切平易得如道家常的话,使得我的心一下子松弛了。

平开女士看去正当中年,一头乌黑的稍有点卷的头发,一双聪智和悦的大眼睛,宽颊,下唇稍厚,加之她自然随和的轻声慢语,使第一次见到她的人就留下难以忘怀的浑然一体的印象:文雅而不自矜,亲切而不俗套。

颂吉先生是泰国作协理事,上唇的一撮黑黑的胡须特别显眼。他把一串串小花环送给中国作家代表团的8位成员。我接过那一串小花环,手心里触摸到了一种跃动着的生命。那是怎样别致的一个花环呀!白色的茉莉花朵串结在一起,绣织成一串,散发出浓郁的香气,整个小客厅里,弥漫着一股幽微的清香气味。我们不知该怎么佩戴这个花环,就捧在手心里,真到合影留念时,平开女士亲切地提示说,按照泰国的习惯,客人要把小花环套戴在右手腕上。

简短的交谈中，平开女士对我说，她在去年（1984年）访问中国时，去过西安，对西安印象极好。她追忆说，她在李若冰家里做过客，并当即询问李若冰夫妇的近况，她说那是两个十分热诚的西安作家。她说她在西安看过仿唐乐舞，是她在中国看到的最优美的舞蹈之一。她对西安的仿唐菜"驼蹄羹"记忆犹新，"那种汤很鲜，很鲜，十分好！"她的神情告诉我，她说的是真诚的话。古都长安的无与伦比的古代文明（秦俑、乾陵等）和优美的乐舞以及饭菜，给她留下一个不错的印象。

颂吉先生插言说，他已经在泰国介绍了三种中国名菜，写了文章，配发了他尝食时拍下的照片，其中就有"驼蹄羹"。颂吉先生很爽快地对我说，他是泰国烹调协会会员，对许多国家的菜谱有研究，是一位"美食家"。

颂吉先生陪我们去旅馆下榻。汽车在高速公路上行进。我第一次目睹异国城市的夜景，汽车像水一样流过去，车尾灯闪闪眨眨，听不见声音，只看到流动。一根根电线杆上，都挂着一张相同的纸牌，并排印着两个人的头像，印着文字。颂吉说："这是今年竞选的两个人物在比好。"

颂吉很爽朗，沿路介绍着所见的建筑物，那是一个超级市场大楼，那是国家宾馆，邓小平访泰时就下榻于此楼……他说："你们来到泰国，不要拘束，不要管那一套礼仪。我们在一起，越随便越好。你想怎么着就怎么着，想看什么就看什么。车开到路上，你们觉得对什么东西有兴趣，我就停车，就看。我们都是作家，都想了解社会，都想了解各种人的生活，尤其是不同国度的人的生活……你们想看就随时说话。"这是知心话，我的某些顾忌开始解除了。

我们下榻于曼谷市中心的明达琳宾馆，这是一家私营旅馆。进屋先开冷气阀，一会儿就凉飕飕的了。小桌上备一壶冷开水，壶中装着冰块，喝一口直渗得牙疼。早晨，我们在黎明时分赶往北京机场的路上，白霜蒙地，草木寂寥，正进入中国北方严寒肃杀的冬天；这儿却一片葱郁，气温保持在摄氏三十度上下，我有幸在一年里赶着了两个夏季。

平开女士邀来几位访问过中国的泰国作家，和我们一起吃晚饭。第一顿泰餐。

作家蓬卡塞，留着长长的头发，棕黑色的脸上，一双聪颖的眼睛光彩四溢。他很健谈，平缓的语调带着浓郁的抒情气氛，文文雅雅，一派学士风度，却很诚挚，他说："北京的明月比曼谷的月色更明亮。我在北京机场看到了明月，不是满月。我喜欢星空，星空没有阻隔。我们生活在同一个星空下，我们的友谊像星空一样不能阻隔。"

据旁人介绍，蓬卡塞先生曾在美国留学，学习音乐，他翻译出版了张贤亮的《灵与肉》短篇小说，根据英文翻译为泰文的，取名《牧马人》，大约是近几年翻译出版的第一本中国当代文学作品。提到这件事，蓬卡塞很动情地说："我喜欢读小说《牧马人》。小说中的韵味使我张开了广阔的想象的翅膀，比电影画面和音乐更丰富。好的文学作品所表达的美好的感情，使世界各地的人民沟通了感情，达到了了解，使其他国家的人民了解这个国家的人民在想什么。"这是一个艺术气质很强的作家。

12月21日
曼谷

老远就能看见玉佛寺里佛塔的尖顶。及至进入院门，只见三座巍峨的佛塔雄踞寺里，金碧辉煌，富丽华贵，在蓝天艳阳下，金光闪耀，尖尖的塔顶直插蓝天。站在这样恢宏雍容的建筑群下面，初来乍到的人，感到眼花头晕，所有的语言都失去了光彩，不由得"哦噢"地连声感叹。

玉佛寺的大殿，亦是金碧辉煌。任何一位朝拜的男女佛教徒和参观的游人，进门前需先将鞋脱于台阶之下。我走进去，坐于殿内的地毯上，一批一批佛教徒，不论老少男女，进得门来，立即跪拜三叩，双手合十，举至眉心，虔诚毕恭。不同信仰的异教徒们，则坐卧地毯之上，也不能不为教徒们诚心诚意的举动所感动。

殿堂上，奉祀着一尊玉佛，据说已有近2000年历史，高约0.9米，用一整块纯洁无瑕的绿宝石雕成。绿宝石出自印度，玉佛雕刻的完美艺术真可谓巧夺天工，成为佛教国家遐迩闻名的艺术珍品。这尊玉佛，是泰柬战争中从柬夺回来的国宝，为了保存供奉他，在曼谷王宫内修建下这座规模宏大的玉佛寺。泰人信佛，堪称佛国，这尊玉佛，每年要换两次衣服，以适应泰国雨季和旱季的气候变化。换衣服的人，你怎么也想不到，会是泰国皇上，可见对佛教的信仰和敬重多么虔诚。

殿内两边的墙壁上，全部雕刻着精美的艺术形象，内容是泰国古典史诗《拉玛坚》里的故事片断，像连环画儿一样组接在一起，一组就是一段故事，造型精美，浪漫而又逼真，栩栩如生。每一个民族，都在自己漫长的历史中创造下富于民族个性的艺术瑰宝。

史诗《拉玛坚》在泰国人眼里被当作圣经一样尊崇，看作泰族的民族精神财富，大约产生于泰国历史上的第二王朝——阿瑜陀耶时期。它是泰国文学史上灿烂的艺术明珠，像印度的史诗《罗摩衍那》一样，具有无可企及的地位。早上去看泰国古典剧——孔剧《拉玛坚》，我的心里就有一种神圣感，全是因为泰国朋友对史诗《拉玛坚》的崇尚情绪所感染的。

剧名《哈努曼》是规模巨大浩繁的史诗《拉玛坚》中的一个故事,只占二十分之一。这种古典剧只在曼谷的国家剧院上演,据说已经没有多少观众,主要对象是中小学学生。学校规定要求学生必看此剧,不致使孩子忘记了本民族的优秀文化艺术传统,而语文课教科书上也收进了《拉玛坚》的章节,作为教材。据泰国朋友说,青年人现在喜欢迪斯科和流行音乐。于此,我想到了京剧和秦腔以及许多古老的地方传统剧,现在的观众也多为中老年人,青年人已经缺乏享受那种节奏缓慢的表演的耐心了。这种趋势发展的结果,我不敢妄言预测,而泰国专辟一家国家剧院和养下一个专演传统剧目的剧团,这种做法很有眼光。

我坐在剧场里,看着一个个演员,头戴假面和头盔,在说在唱,却一句也听不懂,听座位四周不时掀起一阵又一阵快活的笑声,我却无法引起共鸣。翻译告诉我,《哈努曼》的剧情大致是这样,国王的爱妻被一个神通广大的魔鬼掠去了,国王派一个白猴,打入魔鬼内部去救护。魔鬼的心在一位老人手里保存着。白猴通过自己的聪明智慧和善于应变的本领,从老人的手中骗取了魔鬼的心,把它捏碎了,魔鬼丧生,国王妻子得救,白猴就成为正义的崇高化身。

白猴是一位天女无种受孕,被天帝打下宫来,来到山中,藏身树洞，分娩却是从口中吐出一只白猴。这个白猴的诞生以及它的形象，自然使我想到孙悟空，中国人民喜爱的那个猴子的形象。这无疑是一个很有趣的文学现象。

白猴从老人手中骗取魔鬼心脏的情节过程，全部是对白，观众（多数确实是学生）的笑声，正是由白猴的一串串诙谐幽默的语言引发的。譬如老人说××官员喜欢吸烟。白猴就说，我也很喜欢抽烟，为啥没有当官呢？类似相声的幽默情趣。

一旦需要唱词表演，演员只表演动作和舞蹈，而唱腔由专门演唱的人在舞台的一侧对着话筒唱，完全是演唱分家。

泰国作家协会设宴，欢迎中国作家代表团。泰国作协现任主席通贝先生致辞欢迎，充满真挚的友好情意。他说，中国是个伟大的国家，泰国是个小国，国家有大有小，两个国家和两个民族的友谊，通过文学的交流而促进和加深了。这是中国作协派往泰国的第二批作家访问团，第一批是陈残云为团长的访问，时在1983年。泰国作协业已派出过两批作家访问中国，受到了难忘的热情的招待。两国作家的互访所建立的友谊，正是中泰两国人民亲密的友谊的一个组成部分。

通贝首次和我们见面，而且是一个颇为隆重的欢迎宴会，讲话亦是开诚布公，亲切自然，如同亲朋交谈。他借机向我们介绍说，泰国作协是个社会团体，一个小团体，一年始终，国家没有给予任何补助和津贴,全靠作协搞社会募捐,类似我们当今流行的赞助活动。然而泰国作协的作家们很团结,友好相处,争相分担协会的工作,当作自己的义务。

通贝先生50上下年纪,一头黑发浓密,有一撮覆盖了脑门,眼睛微深,戴一副浅色眼镜,总有一缕安详和悦的微笑挂在眉间和嘴角。

通贝先生不仅是位作家,而且是泰国一位广负盛誉的律师。他为穷人辩护,不避权势。他的更大的声誉,是在印尼的一场重要国际官司中辩护获胜而饮誉东南亚诸国的。他作为泰国作协主席,却没有小轿车,而泰国的作家们大都有自己的小轿车的。600万人口的曼谷街道上,据说有200万辆小车,平均三个人一辆,可见普通人都有小轿车的。泰国朋友以崇敬和爱戴的口吻给我介绍说,他们的通贝主席把自己写书和辩护所得的收入,大都周济给穷人了,自己出门时搭乘公共汽车。

通贝先生在泰国的影响,远远超出了文学艺术界,他在他的人民中间所享有的信赖和威望,使他成为一个精神财富的富翁。据说,他在搭乘出租汽车时,常常被出租车的司机辨认出来,坚决拒绝收他的车费。他出面给泰国作协搞活动经费的赞助的话,那些银行家和企业家则是愿意慷慨解囊的。

我没有机会询问通贝先生文学上的著述,泰国朋友争相告诉我的，竟然全是关于他的处世为人之道的故事。我知道，正是通贝先生的这些难能可贵的品质，团结和影响着泰国的作家们。我自己的心中，已经树起一个堂堂的泰国人的高大形象。

参加欢迎宴会的泰国作家，全都是到中国访问过的新朋老友，友好之情，溢于言表。一位诗人在赶来参加宴会的路上，搭乘公共汽车，在车上写下一首热情洋溢的诗歌，自告奋勇地在宴会上朗诵起来……

12月22日
曼谷

小汽船在湄南河上划行，溯流而上，绿色的河水在船帮上溅起一串串翡翠似的浪花。太阳已经升起在蔚蓝的天空，河面上洒下金色的阳光，波光闪闪。迎面扑来清爽爽的河风，含着水汽，直透心窝。

河的两岸，是郁郁葱葱的热带丛林，高高矮矮的树冠，织成两道密密实实的绿色屏障。一眼望不透的绿色中，时不时冒出一个尖尖的白色的塔尖，那肯定是寺庙了。

陪我们观赏湄南河风光的五位泰国作家，情不自禁地唱起了《湄南河之歌》。歌声欢快，舒畅，节奏明快。虽然听不懂歌词，我已经感知到这是一首儿女歌颂母亲的歌了。

湄南河，是泰国人引以为自豪的母亲河。四条支流，发源于北部和西部山区，蜒蜒蜿蜿，流经泰国通北至南的几乎全部国土，在暹罗湾入海。

河上舟楫往来，鱼虾繁衍，田地得以浇灌，像一条主动脉流贯全身。这是唯一一条发源于泰国领土而又归宿于泰国领海的大河。泰国人于湄南河的感情，有如中华民族之于黄河长江的感情一样深厚，是民族的摇篮，是母亲般的河。

又一座宏伟的塔尖兀然耸立。弃船登岸，参观拂晓寺。寺塔高耸，挺拔，用陶瓷小碟嵌镶塔面，间之以五色玻璃小片，交错套结，图案规则。阳光下，玻璃小片和陶瓷彩碟一齐闪光，五光十色，闪闪眨眨，十分壮观。塔的中部开四孔门，东南西北，门里各有一位武士骑象的立体雕塑。这位威风八面的英雄，名叫郑信。郑信是挽救泰国民族于危难的一位英雄。

泰国历史上的第二个封建王朝——阿瑜陀耶王朝时期，曾鼎盛一时，及至帕碧罗阁登基，国内矛盾激化，农民起义四处烽烟。缅甸封建统治集团乘虚乘危而入，不到两年工夫，缅甸军队攻克阿瑜陀耶城。历经400多年的阿瑜陀耶王朝，宣告覆灭。缅军像一切占领军一样，把繁华的阿瑜陀耶的建筑物付之一炬，暹罗的古代文化遗产焚为灰烬，国王和官员以及大批居民也被抢掠回缅甸。史诗《拉玛坚》的底本被掠被焚，演员也被掠回缅甸去了。占领军是毫不珍惜被蹂躏的民族的感情的，历来如此。

暹罗处于灭国灭种的危难时期，郑信揭竿而起。他号召各族各阶层的人民为驱逐侵略者、争取国家的独立而斗争。沦亡的民众，不分种族，包括华人，云集于郑信的旗帜之下，汇成万人之师，向缅甸占领军展开了殊死的战斗。

郑信终于统帅起一支拥有百条战船的大军，溯湄南河而上，浩浩荡荡，所向披靡，先攻曼谷，激战中杀死了占领军头目苏基。郑信乘胜前进，一举收复阿瑜陀耶城，在缅军灭泰不到一年的时间里，又光复了领土。郑信被拥戴为王，成为泰国历史上的吞武里（首都）王朝。由于种种原因，郑信的王朝只延续了15年，便告结束。随之而起的是曼谷王朝，一直延续到今天。

郑信的王朝是短暂的，在泰国历史上的三大王朝的漫长统治时期中，只是一个短短的插曲，一个间歇，一个转换，或者说是一种调节。然而郑信的历史功勋，长存不灭。泰国民族尊重自己的历史，自然地尊重这位于国家的完整和民族兴旺有大建树的英雄。这座拂晓寺，就是专门为了纪念郑信而修建的。地址选在湄南河的这一隅地，也是有历史情愫的。郑信受挫，率领几十个败兵逃出，于拂晓时分到达这里，然后重整旗鼓，屯田养兵；然后从此出发，一直把缅甸军队赶出泰境。拂晓寺源出于兹。

平开女士对我说，郑信在泰国是受尊敬的。泰国人尊敬姓郑的，似乎有点爱屋及乌。不管怎样，郑万隆因此而沾光，特受钟爱。

郑信是中国血统的华人，在泰的封爵为披耶，起事前在万达村做小官，于是在泰就有了一个披耶达信的名字。这个名字连泰人也不大使用，还是顺口称郑信，或称郑王，简便而又亲切。

郑王塔的旁边，有两个小塔，塔体自上而下比较匀称，上部稍细于根部，圆形。泰国作家告诉我们，这一大二小的三座塔，都是男性生殖器的象征。佛教崇尚生殖器，那是人类得以繁衍，得以旺盛不灭的最伟大的部分，所以塔的造形多仿此形，以示尊崇。

贴园，午餐

饱览了湄南河的美丽风光，午时登岸，来到河边的一座美如仙境的花园别墅，得以小憩，十分舒心。

花园里亭台楼阁，曲径通幽。楼亭上吊挂宫灯，古典优雅。院内草皮覆盖。草细花小。草地上设置凉亭，木柱草顶，古朴自然。这是一家私有的花园式的别墅。

女主人看上去有30岁年纪,淡蓝色的宽短袖上装,红色条裙,披肩的一头黑发,坐到我们面前。互相介绍之后,她很谦和地表示欢迎。她笑得自然、随和,使她很漂亮的脸颊更具有风采。应该说,这是一位美人。

当她听孙翻译介绍我来自古都西安,便接上话茬儿,说到唐都长安。她说很喜欢武则天,甚至崇拜这位举世闻名的女皇帝。她说她很想去中国观光,尤其想看看武则天墓。她在美国和法国留过学,通晓三种语言,丰厚的知识和良好的教育与自身的天然美很谐调地统一于一身。

男主人匆匆从园地中赶来,瘦高挑身材,短头发,深陷的一双黑黑的精明的眼珠,友好和善地欢迎客人到来。他屁股上的口袋里装着一只步话机,手里拿着一只,随时回答来自后园建筑工地和厨房等处的问询,潇洒,忙而不乱。

经泰国作家介绍,我们才得知,这是泰国前总理他侬的三公子经营的一座花园别墅。他侬是1963年接任泰国总理的,在任十年。其间对泰国的现代化建设和经济发展,有一些重要功绩,但对农村发展和社会经济的繁荣,远未达到经济发展计划的指标。尤其是在他统治的后期,采取追随美国的对外政策,对内实行军人专政,压制民主,解散议会,强行采取专断独裁的高压手段,终于在1973年的学生运动中(50万反政府示威),垮台了。

他侬逃出泰国,在新加坡避难,后在缅甸的寺庙中当了几年和尚,真可谓"立地成佛"。这几年间,泰国由克立·巴莫任总理,恢复议会,重颁宪法,给人民以民主权利,泰国又复平静。人民宽谅了他侬,他自缅甸回到泰国养老,无谁再纠缠前怨。据说,他侬当过和尚了,而泰国人民是尊重佛教也尊敬和尚的。

他侬的三儿子在湄南河边修建此花园,主要不属营业性质,只是私人别墅,有亲朋自远方来,临时搭伙起灶,在此消遣一番,赏心悦目。他为了招待中国作家代表团,请来日本厨师,用日本饭菜招待,另有泰国饭食。

他和他的太太,分两路领着我们参观他的花园别墅。这是一块占地40468.56平方米的花园,已经治理16187.43平方米。园里种植芒果、椰子、香蕉,奇花异草,鲜花盛开,草皮绿郁,流水悠悠。

他侬执政时期,独裁反共反民主,和中国人民相敌视。现在,我们成了他的儿子和儿媳的客人,跟着他们在园中徜徉,听他们热心地介绍他们的园地的艺术构思,坐在草顶木亭下欣赏花木,纳凉聊天。他很自豪地对我们说,整个花园的设计,是他的太太的艺术思想的实践。我们友好相处,似乎谁都觉得挺好,我们觉得他侬的儿子和儿媳妇挺友好,他们大约也会感到共产党国家的作家也是善于和人共处的。世界上不会有永远对立的两个民族。那些在民族和国家之间设置障碍、阻塞感情的人，终究不能使这种障碍永固不倒，人民希求感情交流的心愿可以熔化一切钢铸铁浇的隔墙。

我们诚心地希望主人夫妇到中国观光，主人热情地要求我们题字留念。

晚上在泰国作协前任主席查先生家做客。一个宽敞的庭院，有几丛竹，竹中有一丛花团锦簇的花树，郁郁香气四散。木瓜树和椰子树竞相拔高，果实垂吊。石头堆成假山，小桥拱连水池。一座二层小洋楼藏在翠竹和绿树中间。

晚宴在庭院中举行。皓月当空，银光满院，晚风习习，轻松活泼，宾主交谈，随意自如。

查先生说，他太太的哥哥，现在在北京，为外文出版公司工作，所以他今晚是招待亲戚。

我们饭后参观了他的居室、会客厅、书房、写作室。在他的客厅里，橱架上摆着他和柴泽民（第一任驻泰大使）的合影照片，摆着中国的景泰蓝和茅台酒。

他的书房里，有两个书架，全部摆着他的著作。说来令人瞠目，查先生已出版长篇小说103部，另有200多篇短小说结集，其中49部已被改编成电影或电视剧，他的写作量可以想见。

查先生介绍说，他早晨四时开始工作，一直写到傍晚，中间只吃早点和午饭,没有午休,晚上看看电视,消遣一下就休息了。泰国人没有午休的习惯,查先生更是扭紧了生命的发条。

查先生的写作室,真是富于斗室的气氛,一张宽大的桌子上,零乱地堆积着杂志和报纸。他随手拉出一份报纸给大家看,那上面有他的长篇小说连载。他有四部小说同时在报纸和周刊上连载,他每天必须为那四部连载小说续写一节,送给报社和刊物。

查先生又翻出几本杂志,那上面刊有他访问中国的观感和照片。他很高兴,急于把他的一切都告诉给客人,又翻出两部书让我们看,那是他蹲监狱出来后的收获,算是监中纪实,详尽而生动地记录了他在监狱的生活和斗争,配有照片。查先生在1952年至1957年被捕入狱,五年的狱牢生活使他更坚强了。他是在争取民主和和平运动中被囚的,该算一位和平战士。这两部书,一直被当局列为禁书,不许再版,现在似乎不再提及,有出版商约他再版,但要修改某些章节,他不愿修改,当然也就不能再版了,颇有骨气。

"我把你们当亲戚待。"查先生笑着摊开双手,"什么都让你们看了,书房、写作室,以及卧室……"

通贝主席一直作陪,此时突然发现了什么,指着门边的墙壁说:"你也挂了这个……"说罢哈哈大笑。我们一看,在门板背后的墙壁上，挂着一张年历，那画儿是一个基本裸体的女子，因为挂在整个屋子的最偏僻的角落，谁也没有发现。查先生也哈哈笑了，解释了一句什么，他的太太也哈哈笑起来。

他说他的整个写作主旨是：为人民。

12月23日

阿瑜陀耶

清晨从曼谷出发，到阿瑜陀耶古城去参观。汽车在湄南河平原上疾驰，眼前展开一望无垠的热带原野。一轮红日从远处的丛林背后升起来，黄熟的稻田里金光闪耀。公路笔直、平坦，车辆不多，汽车几乎不用刹车、减速，一路飞驰。

同行的泰国作家颂吉、瓦兰克娜和柏拉迪塞，不由自主地唱起了《阿瑜陀耶》之歌，旋律舒缓，节奏明朗。虽然语言不通，我还是真切地体味到一种深沉的怀念和崇敬的情感，一种民族的自豪和荣耀的心声。阿瑜陀耶是泰国历史上的第二个封建王朝，从14世纪中期拉玛铁菩提一世在阿瑜陀耶建朝称皇，到18世纪60年代被缅甸占领，历经400多年。阿瑜陀耶王朝统治的漫长历史中，曾经创造过大量的古代文明，经济出现过繁盛，贸易活跃，仅同中国明朝的使节交往的贸易活动，几乎每年都不间断，郑和二出亚非诸国时，率船队访问过阿瑜陀耶。泰国作家的歌声所洋溢着的崇敬和自豪是很容易被人理解的，任何一个民族的优秀的子孙，总是对于他们的先祖所创建的文明视若珍宝，进而成为一种精神财富。想到我们向友人说起秦俑和万里长城的心情，自然就可以理解泰国朋友对阿瑜陀耶的感情了！

我看到的阿瑜陀耶是一片废墟！断垣残壁。折断的石柱。造型优美的佛像，留下一堆断肢、残脚和破碎的头，数也数不清有多少佛像的残肢断体。古迹保护工作者尊重历史，也尊重现实，依然如故地保存着原物，在断垣残壁中，堆放着佛像的断头、残肢和残脚。这种惨不忍睹的现场实物，是否有一种冷峻的暗示：这就是战争？

我相信任何一位参观者站在这个现场时，都不会无动于衷的。我无法想象古代的缅甸军队攻克阿瑜陀耶城时会是一副怎样得意的神情，然而那一把大火之中的阿瑜陀耶的惨景分明映现于脑际了。火声呼啸，金瓯坠地，雕木焚毁，佛尊倒地……圆明园也是遭此惨景的啊！这是1767年4月7日发生的事，一座繁华的王城在大火中化为灰烬。泰人都记着这个历史的日子。

尽管如此，从那残断的砖头修筑的城墙上，可以想见阿瑜陀耶的阔大的规模；从那开阔的广场上，你可以想见一代一代国王检阅仪仗的风流，广场上现在有一个草皮覆盖的足球场子；从那王台上，那雕刻着变形人兽图案的王台的基座矮墙上，你可以想见王朝当年景盛的升平与繁华，曾经显赫一时的王朝在一堆火中化为灰烬了。据说，释迦牟尼死后，其骨灰分赐给所有佛教国家一小份，泰国分得的那一份圣灰，即藏于此。阿瑜陀耶历代君王死后的骨灰，亦藏于此。这儿在几座专门敬藏国王骨灰的寺塔，当然也逃不过大火的劫难。50年前，对这几座藏着圣体骨灰的寺塔做了修复，基本完整。

　　阿瑜陀耶府尹设午宴招待，选择了湄南河上的水上餐厅。饭前，府尹让我们再游湄南河，这是一段人工开凿的河段，可称为运河吧。河水充沛，没有一坨裸露的河床。两岸房屋，栉比鳞次，拥拥挤挤，依岸而建。许多房子，从水中立桩，然后凌空筑屋，木板地板，木板墙壁，木板屋顶。有不少极漂亮的水泥洋房，涂成白色或绿色，参差掺挤于黑色的木板屋中间，特别洋气，尤为显眼。绿树绿叶遮盖着洋房和木屋。姑娘们坐在水中的木梯上，半身没于水中，穿着裸肩裸胸的裙衫，或淘洗米菜，或洁身洗搓，不为游览者所惊，习以为常了吧。

　　河岸边，一座壮观的建筑群，高出于周围的所有房舍和厂坊的烟囱之上。金红色的屋瓦，雪白的墙壁。这是中国航海家郑和的寺庙，是泰国人民为纪念明朝的这位友好使者修建的，郑和的船队停泊于此，与阿瑜陀耶王朝友好交往，这座辉煌的庙宇应该是人民友谊的象征。真是历史的巧合，郑和向阿瑜陀耶王朝带来了明朝的友好情谊，郑信又从亡国灭种的灾难中拯救了暹罗，两位姓郑的英雄，造成了一种对郑姓的尊敬，不无道理。

岸边有许多村落，有葡萄牙村、日本村、中国村等。那是缅军占领阿瑜陀耶王城时，侨居城中的外籍人纷纷逃避到此，建立起一个个外国人聚居的村庄。现在，那些村庄里，已经是纯一色的泰族人了，外籍侨民有的早已迁回本国，留下来的已进入大小城镇，没有人在此种植或捕捞了。中国人几乎全部进入城市经商去了，空留一个中国村的名字。据说，在葡萄牙人聚居的村子的遗址上，挖出过800多具骨殖，可能是一个墓葬场地。葡萄牙人是第一个进入泰国的西方国家，随之是西班牙人和荷兰人。毋庸置疑，葡萄牙人以炮舰政策威迫阿瑜陀耶王朝就范，掠夺廉价的东方财富。及至后来英法进入，阿瑜陀耶成为西方冒险家角逐的场所。

在我与泰国朋友的短短几天的接触中，在对泰国历史文物的观瞻中，有一种感觉，中国历代的封建王朝，似乎没有做过使人难以忘记的伤害两个民族的感情的事，因而泰人对华人保存着一个较为愉快的记忆，这种记忆从悠长的历史传留下来，延续至今，不能阻断。我的这种感觉不敢自信其准确的程度，仅仅是一种感觉，因为我对泰国的历史毕竟了解太少太少，对中泰两国交往历史的了解也太少太少了。我点滴知道，远在泰国由部落形式的小公国进而发展成为第一个封建王朝——素可泰王朝时期，就与中国有了友好的交往，第一代王坤兰甘亨时代就邀请大量中国制陶工匠烧制出于世闻名的陶瓷，远销马来西亚、新加坡、菲律宾等东南亚国家，活跃了素可泰王国的经济。中国元朝派使者两次出访素可泰王国，素可泰王国派往中国的使者竟达十余次。两国之间似乎多为经济贸易和使者往来，而幸未发生战事。及至我看到挽芭茵宫的时候，这种不大准确的感觉愈加明显了。

挽芭茵宫，完全是中国风格的古代建筑物。其构造设计，完全是模仿北京故宫的宫殿，飞檐翘角，禽兽雕刻，雕梁画栋，使我一下子仿佛置身于故宫的宫殿前边。主体是一座王宫，红墙，绿色琉璃瓦，屋脊嵌着双龙戏珠和丹凤朝阳的雕刻饰物，这是中国传统的吉祥的象征。泰国人崇尚鸟，把鸟作为一种神圣的图腾，庙寺前处处可见人面鸟身的大型雕塑。

王宫内的陈设也完全是中国宫殿里的格局：国王的龙床龙椅，陈设着地道的中国瓷器，画幅，中国历代名家的诗词条幅。墙上挂着朱拉隆功大帝头戴翎毛帽，身穿龙袍的画像，与蒙谷王并悬。

这座中国式宫殿，据介绍说，全是从中国制好构体，送往此地，建筑而成。始建于阿瑜陀耶王朝末期，完成于随后兴起的曼谷王朝的五世王朱拉隆功大帝时期。在一则保护文物的说明中称："这座宫殿，现在从艺术上计较，可称是泰国艺术史的无价之宝。"可以想见其重要的历史价值。

中国的封建帝君，有过征服邻邦的史迹，自然不大光彩；所幸者，倒是没有与泰族有历史积怨，人民至今能够保持一个较为美好的记忆，真是弥足珍贵！

阿瑜陀耶府现任府尹在水上餐厅设宴招待来访的中国作家代表团，别具一格。餐厅全部建筑在湄南河河面上，草顶木墙，古朴风雅，室内却全是现代化设备。府尹长得粗壮，丰腴，雍容大度，态度却极为谦恭，所以就别具一番泰国官员的优美风度。他把自己府中的幕僚和官员全部带来作陪，又从府中请来几位通晓北京话的华人做翻译，使宴会特别活跃。

他很高兴，说他喜欢接待中国使者，尤其对光临他的古府（阿瑜陀耶）的中国客人特别高兴，乐于接待。他不无荣耀之感地向我们说，他接待过中国国家元首李先念和邓小平，很自豪地出示他和李、邓两位领导人的合影，使宴会的气氛更加和谐。

他曾两次访华，保留着美好的记忆。他给他的官员争取机会，他们分批去中国参观访问。这是一位充满友好情谊的府尹，在他的身上，我又加深了那种感觉。

下午回到曼谷，去中国驻泰国大使馆。文化一秘老杨向我们谈了谈泰国的一般情况，这是一位很严谨的外交官。

晚上拜访一位中年女作家。一座漂亮的二层洋楼，一个花园似的庭院。她曾经是泰国首都曼谷的公共交通董事长，相当于国家的公路交通部部长，上院议员。她的公共交通部管辖着两万辆汽车，近五万职员，然而她在可以想见其繁杂的工作之余，进行着个人喜欢的文学创作活动，该当是一位女强人了。她现在辞去了董事长职务，在家搞专业创作。泰国的专业作家为数很少，寥寥无几，因为搞专业创作没有人给发工资，一般作家在创作之外，身兼一职或数职，这样才能保证有较为优裕的经济收入。搞专业创作其实是由自己决定的，只要自己有把握通过创作能获得较好的经济收入就行了。

她的书房里，摆着两个专门陈列自己创作作品的书柜。她已经出版过56部长篇小说、100多个短篇，56部长篇全部被拍摄为电影或电视剧，在泰国是一位最走红运的女作家。

她很活跃，在自己的书案上翻出刊有她的作品的报刊给我们看。她正在为两家报纸写连载专栏作品，每天占有一定的版面，大约有汉字3000字左右的篇幅，每天写够一节，交报纸付印。问她稿酬收入情况，她说这样的版面可得700泰铢，折合人民币85元。她说泰国出版商给作家的稿酬标准，是按作家的知名度定的。有名的受读者欢迎的作家的作品，就多给，反之则少付，差别还是较大的。她的稿酬可以算得高标准，而一般作家所得的稿酬标准大致与我国的稿酬标准不差上下。

她说她的写作习惯是不停地走动，在屋子和小庭院里散步、思考，想好一段，就立即奔回桌子，一下子写下来。写得累了，她就躺一下，休息后精神得到恢复，爬起来再写。

她的家庭很富裕，独有一座二层楼，很漂亮，细木条拼成的地板，红漆打面，油光可鉴，全用珍贵（泰国名产）的柚木构筑，越磨越踩越光亮。

她有自己的小车，有彩电和空调以及冰箱等必备的家什，她有两个儿子，留着泰国少年的短发发式，聪明知礼。她的生活也有不大如意的一面，就是她的个人生活。她寡居，养着两个儿子，又雇有仆人操持家务。她的丈夫是国家警士厅的要员，无法忍受她的夜以继日的创作狂欲，她和他分手了。

她似乎不同于我所能接触到的几位泰国女性。我的肤浅的印象是，泰国的女人更像女人，或者说更显著地显示着女人的特点，温柔、谦和，多是轻声细语，文雅而又和悦。无论是富有知识的高层女性，抑或是侍者或店员，这些女人的特质是共有的。这位女作家呢（她有一个很难记的名字，遗憾)？豁达，爽朗，脚步和手臂都是泰国女人少有的大动作。据说泰国有一条礼俗，不许担二郎腿，坐时不许把脚尖对准旁人，那算是很不礼貌的粗鄙动作。可她担着二郎腿，谈笑风生，无拘无束，一会儿哈哈大笑，一会儿又动情地叨叨唠唠。

她很敏捷、机智，一个人被七八个中国人围住，问这问那，皆挥洒自如，一一作答，不见窘迫。她把在座的中国人一个个作了比拟，说未央像曼谷市前市长，翻译老孙则像曼谷市现任市长，肖德生像公共事业局局长，郑万隆像她喜欢的香港电影明星成龙。我们以为她不过是即兴而谈，逗逗笑话罢了。谁知她话锋一转，恳切地说："你看，我原来认识你们呀！你们全是我的熟人和朋友，怪道我和你们第一次交谈就不感觉陌生。我把你们当作老朋友接待。"至此，我才知道她不是随意作比的。

她说："一个国家怎么样，要看一个国家的文学，文学是一个国家的精神形象。我喜欢中国文学，你们看看我的书柜就知道了。"她的书柜里装着不少的中国古典文学和现代作家的作品。她自己的创作有一个总的轮廓，就是关于家庭的形态、关于女人命运的创作，或者说是生活题材作家。她拥有庞大的读者群，用她的书改编的电影和电视剧，总受观众的欢迎，所以有走红运作家之说。

未央被她的真挚之情所感染，当场赋诗，说她是"一团火，一阵风,一朵花,一首诗"。她听了高兴得双手合十,自己吟诵一遍。我们告辞的时候,我发现她哭了。

我们纯粹是想看一下泰国电影院的格局,就自己闯进一家电影院去,把门的人员很客气,让我们进门而不收票,不过剩下十来分钟就完场了。偌大的电影院,舒适的座椅,武打功夫片,特大的宽银幕,声响和映像佳,可惜,整个座席里,不过20来名观众在赏影。二三十个人来看也放映?答曰:放。三五个人来看也放映。据说,这个电影院刚建起来时,营建者就依此发了财,现在已经经营其他什么实业公司去了。但这影院照样保存,照样营业,以保开始时的声誉。电影萧条,武打片也萧条。

12月24日
曼谷

参观盘谷银行,见到了有"泰国的基辛格"美誉的许敦茂先生。早已听说泰国有一家大银行,是华人经营的,今天得以目睹,其规模和金融实力确实令人震惊。在曼谷城中心区,有一座32层的大楼,白色,拔地而起,异常瞩目,这是曼谷城里目下最高的一座现代化建筑物,这就是盘谷银行。

乘电梯到达最高层,凭窗远眺,整个曼谷城尽在眼下,一座座外观漂亮形态各异的建筑物,插足于那一片低矮的灰黑色的小板房之间,而盘谷银行的大楼却鹤立鸡群,独领风骚。这个城市正在向天空伸展,竞长拔高,急切地要挣脱那一片黑色落叶似的低矮小屋,拔出新枝来,这是我的一种没有多少根据的直感。

我们参观了银行的中枢神经——电脑室。电脑室门口,一张桌子跟前坐着两名装备齐整的警士,胯间吊着短枪(这已不足为奇,街道上、旅社里所见到的警士,都是肩缠警绳,胯吊短枪,荷枪实弹执勤),这是银行自己雇来做安全工作的。

电脑室里,一人一台电子计算机,多为中青年职员,工作紧张,秩序井然。据电脑室的负责人介绍,这是整个银行的中枢神经,指挥着这个庞大机器有秩序有节奏地运转。银行设在泰国境内的任何一个分行,都受这里控制;任何一位顾客在任何一个分行储存或取出款子,这里与分行同时获得信息,同步注入。负责人说,这个要害机构的门禁制度是严格的,即使本行的高级雇员,也不得进入,中国作家是贵客,相信你们不会盗窃金融情报,欢迎参观。

金库在地下室,四面密封,门禁全是电脑控制,更为严密,我们能够进去开开眼界,也是出于以上的原因吧!偌大的金库里,一排排钢皮柜子,像中药店里的药箱一样密密排列,那是金子、银子、宝石和存单的储备,站在这间屋子里,瞧着那些储金藏银的一排排钢皮柜架,我忽然想,也许这间地下室的储藏,可以买下半个曼谷!

董事长陈弼臣先生,广东潮阳人,1944年创办银行时,不过400万泰铢(折合人民币50万元)基金,雇员30多人,而今已发展到拥有总资产1200亿泰铢,资本金逾61亿泰铢,存款826亿泰铢,放款944亿泰铢(1981年计)。

截至1985年,盘谷银行在世界银行中跻身于183位,属东南亚最大的一家银行,雇员2万,40年间获得如此重大的发展,陈弼臣的威望是可想而知的。

陈弼臣先生正在北京。儿子陈有汉已经接替其父,统领盘谷银行的业务。他出面接见了中国作家。

盘谷银行经济实力雄厚,又慷慨资助社会福利和慈善事业,颇有威望。泰国作协属于小小的社会团体,没有一泰铢的政府津贴,这次接待我们,全凭社会赞助,而盘谷银行则是主要对象。在银行总裁许敦茂先生致欢迎词之后,当即当众把赞助的款子交给泰作协副主席平开女士。其情景如下:许敦茂总裁一宣布,一位穿戴齐整的职员从台后走到前面,双手托一黑盘,盘内置一信封(大约装着支票吧),交给平开。平开女士即走上前,接过信封,弯腰鞠躬,道谢再三。我眼见着这样的程序,首感银行家热心中泰作家交流的慷慨之举,总觉得有点不大习惯,许是我们的作家协会用惯了国家统拨的经费，虽然总是紧张，却少了另一层感觉。泰国的作家协会自有自己国家的实际情况，这样筹助活动经费的办法由来已久，习以为常了。他们为了中泰文学的交流，要费很多我们不费的神，诸如筹款，令人感动，他们不易呀！

许敦茂先生一站到讲话台前，一张口，就使人感到这是一位豁达善断、具有政治家风度的人物。他说话干脆，毫不矫饰："你们是中国作家，中国是社会主义制度，你们有你们的立场。我觉得，你们带着你们的立场来，来看一看泰国，有好处。作家应该多跑一些地方，多到一些国家和地区去看看，对写作有好处。"

这就是泰国的基辛格——许敦茂先生。

此前，华文报纸《新中原报》记者何韵女士送给我一本她写的小册子《泰国的基辛格》，详尽地记述了中泰建交过程中许敦茂先生的重大建树，读来令人钦佩。

1972年8月末，身任泰国财经实业署副主任的许敦茂先生，却以泰国乒乓球顾问的身份访问中国；虽然掩饰得有点过于不伦不类，却立时成为轰动国际政坛的新闻人物。此前一二年，是为世瞩目的美国乒乓球队访问做客北京，以及美国国务卿基辛格秘密访问中国，揭开了中美关系的新一页。许敦茂先生出访中国，其形式和途径与基辛格如出一辙，异曲同工。他是受巴博元帅的直接指使，第一个出访中国的泰国官员。这次秘密访问使许敦茂一下子成为遐迩闻名的新闻人物，甚至在泰国把 1972 年称为"许敦茂之年"！

何以会有如此强烈的冲击波？何韵女士追述了许敦茂访华前的中泰关系的现实状况是——中国闭关自守，泰国无从了解。

泰国对中国，多年来进行防共宣传，在泰国人民心目中，共产党中国等同于可怕可憎的魔鬼。在泰国，防共形成了事实上的恐怖。华侨连看家乡来信也要偷偷摸摸，更不须说回乡探望，一顶"红帽子"扣来，就要倒霉一辈子。商人的店铺里出卖中国货，也会被扣以共党罪名。阅读中国小说，会被关进牢狱。

在两国关系处于如此冰冻的情况下，许敦茂访华就具有很大的冒险性。此前一届政府时，曾有一位官员受托秘访中国，回国后发生政变，这位官员乖乖入瓮。

许敦茂在北京，受到周总理的接见。他回泰后，向他侬总理和巴博元帅呈交了访问中国的情况汇报，而且在机场举行了记者招待会，是第一个把中国的实际情况向泰国各界如实披露出来的人，他向那些听惯了"红色魔鬼"说的人证实："中国决不输出共产主义。中国恪守和平共处五项原则。我看到的中国，没有盗贼，可以打开门睡觉，他们的国家很安静……"

随后，许敦茂两次访华，以国会主席的身份，继续做中泰两国建交的工作，受到朱德委员长和廖承志的接见。正当这项建交事宜不断发展的重要关头，泰国国内政局急骤动荡，学生运动促成高潮，他侬总理和巴博元帅倒台，中泰的正式邦交推迟至克立执政后才得以建立。他侬在其执政的十年中，防共反共，独裁专制，自有公论，而在其倒阁前，意识到需要发展中泰关系，当然是有其国际和国内的重要因素的。不管怎样，他和巴博元帅指使许敦茂踢开了自己封堵的大墙，总是事实。

何韵女士在详述许敦茂先生为开创中泰两国人民的友谊所做的重要建树时，深情地写道："朝着同一个方向，在千千万万人的足下，走出一条路来；那一双首先着土的足印，让千千万万人步其后尘的先行者，是值得赞赏讴歌的人！我们怀念他！"

在前总理他侬儿子的别墅花园里，我突发感慨，在两个国家和两个民族之间设置下的障碍，即使钢浇铁铸，终究要被人民的感情所熔化，世界上从来没有过永远对立的国家。当我面对为沟通中泰两国人民友谊而作出过卓越贡献的许敦茂先生时，心里充满了崇敬之意；同时也相信，我正是步这位先行者后尘的千千万万人中的一个。

到曼谷四天来，白天的活动全都安排得满满的，多是参观古迹名胜和风景，晚上多有宴会，费时得很，回到宾馆就很晚了，也很累。我有一点不够满足，那些名胜古迹虽也迷人，却完全失去了对现实社会生活的了解的机会，譬如工厂，譬如农村，譬如市民小巷，曼谷的各个阶层的人以怎样的形态工作着，生活着？

今晚归来尚不太晚，我和几位怀有同样要求的朋友走出旅馆，自己到大街小巷去溜达。

走出下榻的宾馆不远，就拐进一条小巷。这儿和大街上显出很大的不同景象，行人拥挤，往来穿梭，欧美的不同于东方肤色的人也多了。一排排店铺，两边朝街开门，许多门搂下挂着厚布帘子，两边也不开窗。这与我在曼谷看到的店铺形成强烈的反差，那些经营布匹、服装、糕点、百货的私营店铺，尽管门面大小不同，而灯光十分充足，明亮如昼，显得豁亮爽快。在这里的一些门口，不仅看不见灯光，门窗也黑着，我被提示说，这是"红灯区"，即妓女聚居之所在。

那些挂着门帘的门口，有几个小女子倚坐椅上，或歪歪地站着；涂唇画眉，艳抹而又裸装，或半袒胸，或半裸大腿；见人走过，嘻嘻笑着，招手示意，说着什么；虽不通语言，可以想见，必是拉客之类的什么双关暗示的话；也有男子，充当拉皮条的角色，跟踪行人，纠缠不休。走在这里，顿感毛骨悚然，心里十分紧张，脚下也就匆匆起来。

一连走过相连的三条小街，全是一样情景。在一条街口，看见一家门帘吊起半边，屋里黑暗，红、绿、黄、蓝几种小小的彩色灯泡忽闪忽眨，幽幽变幻的光色下，几十个女人几乎全裸着身子，在急骤强烈的舞曲里扭着迪斯科，变幻不定的灯光，在她们身上闪着，红的、绿的、黄的、蓝的。

有点仓惶地走出小巷，来到大街上，我和一位同行的朋友才松开紧挽着的手指，胸里透出一口长气。

这无疑是曼谷最底层的一个缩影。初来四天，我惊异于曼谷的繁华，流水似的小车，干净的街道，蓬蓬拔起的高楼和令人眼花缭乱的超级市场，都呈现着曼谷繁荣的景象。四天来接触了不少朋友，我印象深刻的是泰国朋友的素养，文质彬彬，礼仪周到，使人觉得如入礼仪之邦。更有一点，是我所感受到的服务人员的周到。所有这些甚为美好的印象，曾经使我思考过，我们多年来的一些无谓的人为的斗争，确实把我们民族的许多优秀的品质斗掉了，礼仪之邦里的不少人已经不懂礼仪了。所有这些，都是客观实际，我也不会改变在曼谷得到的这些甚好的印象，然而，妓女院的那种赤裸裸的景象，也着实令人吃惊。

在今晚的招待会上，盘谷银行一位高级职员和我挨肩，他是华人，会讲普通话。他说他在北京的公园里，看到座椅上一双双搂抱的青年男女，不避游人，令他吃惊，觉得北京的"开放"超过泰国了。他告诉我,泰国法律规定,在一切公开场合,男女不许勾肩搭背,更不许搂抱接吻,如有违犯者,处以刑律。我在曼谷四天,确实没有看到过男女有搂肩勾腰的举动,可以证实这一点。

可是,"红灯区"公开卖淫的事,却似乎并不违犯刑律,这至少是一个很容易提出的矛盾现象。我试图这样解释:对于整个社会施以严格的风纪要求,以保证中上层的国民有一个良好的国风。而至于下层社会呢?权且如此吧!

这样的解释连我自己也说不通。因为随之又会有许多问题提出来,"红灯区"的疫病仅仅只会局限于那几条小巷?与整个社会风气没有冲突?社会本身无力解决这样的问题?抑或其他?

12 月 25 日
曼谷—清迈

一条黑色的柏油公路,笔直笔直,向北伸展。去清迈。清迈是泰国西北部的古老城市。

车窗外,是一望无际的原野,坦坦荡荡,真可谓沃野千里。这是泰国的大谷仓,四季不分,水量充足,盛产稻谷。这里有一种三收的说法,农人播种一次,可以连收三年,后两年无需播种，稻田里遗落的稻粒会自动发芽、生长，可见土质的肥沃和气候之适宜了。如此得天独厚的土地，自古就是农耕的理想之地。

木板构筑的木屋，全是平地立桩，凌空筑屋，有木板做顶，也有稻草苫顶。有独家孤院的农家，也三五十幢木屋围成的村庄。每一户农家屋院的前后左右，都被俏拔的椰子和密密实实的香蕉的叶子所掩遮，构成热带乡村别具一格的风貌。

路边的草地上，灰黑色和白色的水牛在蹒跚，悠悠移步，悠悠甩尾，悠悠吃草，一副漫不经意的神气。

晚稻黄熟，割收稻谷的农民，拿着弯月似的短柄镰刀，弯腰刈割，也是悠悠的样子，割两把，把稻穗扔在一堆，再弯下腰去，没有紧迫的样子。我所熟悉的我国北方夏收时节龙口夺食的紧张气氛，印象深刻，而这里的农民却悠悠缓缓，似乎不像收获的样子。

女人们也穿着花色泰裙，也是款款地动作着。男人们赤裸着膀子，黑黑的皮肤在骄阳下闪光。许是旱季无雨，也许是离下一茬庄稼的播种期为时尚远，所以不必着急，不显忙迫。终年常绿，四季属夏，全年都是生物的生长期，而只种收两茬庄稼，所以不必忙迫吧？根本就没有抢时播种的概念吧？

田野上，不时可以看到小四轮拖拉机。小伙子握着叉把，载着稻穗，正从田地上开过，朝公路拐上来。可以看出，农民凭手工收割，而运输已为小机械所替代。

田埂上，有三五个男女农人站在一堆，正在用餐。

我真想走进那村中任何一幢木屋，或者蹲到那田埂上正在用餐的农人伙里，去聊聊，去看看，这些与中国农民极其相似的泰国农人，日子过得如何？

12月26日
清迈
帕亚朴大学

在接待室里，校长简略地向我们介绍情况。帕亚朴大学是泰国的唯一一所私立大学，属基督教教会经办的教会学校。现在在校学生2800人，分医学、人文学、社会服务学、理工等六个系。其中医学系已有百年历史，在原有的医学中等专业学校的基础上发展而为大学的规格，有四个系不过十年历史。

接待室的墙上挂着校旗，缀着体现办学思想的图案。泰国的大中小学校，都有校旗，各自体现着本校的治学精神。校长给我们说，他的这所大学教育的中心是学生的心灵，培养学生为社会服务的精神。这一主旨，高于知识，十分明确，毫不含糊。

副校长是一位美国人，高高的个子，银白的头发，穿一件泰式无领的短袖衫，十分安详地陪坐着。他很谦和地笑着，自我介绍说，他已72岁，在清迈的帕亚朴大学任教有38年历史。他年轻时在上海待过几个月，后来来到泰国，定居于北方的清迈，一住就是38年。清迈在泰国，是一个偏远的城市，现在不过30万人口，而在泰国经济发展较快的60年代以前，可以想见清迈会是怎样一种落后状况，这位美国学者安于偏僻和落后的北方城市，不能说没有一点事业心吧？

许是在泰国工作时间久了，这位美国人的言谈举止，似乎已不像西方人的神态，比较起来，显出一般泰人彬彬有礼的谦和之态，使人在感到一位宽容长者的同时，又有点东西合一的滑稽，尤其是那一件泰式无领短袖衫。

参观罢校园，在小礼堂用午餐。校方的执事人很爽快地对我们说，按基督教学校的规矩，每顿饭前必行祈祷，中国朋友可以不受此规约束。他们静默站立，有一人领头说了一句泰话，大家都画了十字。领诵的人向我们翻译出祷词的内容：请主赐给客人一顿愉快的午餐。他们自己先笑了，我们也都笑了，似乎有点滑稽。

饭后，学校文艺队为我们演出。头一个节目，是一个舞剧的片断，一对男女争取婚姻自由的舞蹈，十分优美，男女主角穿古代泰族服装，有尖顶的头盔，典雅优美，使人想到宫廷舞蹈。次一节目由四位女生表演，四种不同的服饰，表明是泰国北部的四种民族，看去十分眼熟，无论服装，无论舞蹈语汇，都颇类中国南部云南少数民族的舞蹈，看来格外亲切。种族的类似和风俗的类同以及肤色体型的近似，我毫无异国的陌生感觉，沉浸在一种谐调的亲切的家乡氛围中。最后一个节目是中泰友谊舞，尤为感人，表演者一男一女，男的为中国南方农民，女的为泰族妇女，他们相厮相随，男耕女织，亲密无异，一种古朴的田园诗般的韵味。这使人感到，在基督教办的大学里，学生们也很珍视中泰人民的友谊。因为这个舞蹈显然不是临时排练的，而是他们学校文艺演出队的保留节目。

访问的内容排得紧密极了，演出一结束，不离现场，就在小演出厅里摆好桌子，开始座谈。

帕亚朴大学参加座谈的人员有十六七位，全是人文科的系主任和教授或副教授，好多人看去相当年轻，不过30岁的青年，都已具有教授或副教授的头衔了。

这些人文系的教师们，对中国的文学现状了解甚少，他们的问题多是关于中国的创作自由问题，中国作家进行创作的哲学思想，中国1949年以前和以后的文学创作的异同，中国当代文学创作的现状，以及中国翻译外国文学的限制措施，及至中国现行的稿酬制度等。

原因可能是多方面的，而造成的现状却令人遗憾，中国当代丰富的创作以及许多颇有影响的作家，在泰国这样的高等学府里，也鲜为人知，更少（几乎没有）有当代作家的作品翻译为泰文。他们熟知诸葛亮和周瑜，也知晓巴金，而对当代活跃的作家却不大了解。从此来看，中泰文学交流仅仅只是一种交往，而更重要的交流有待进一步发展。

下午又参观了公立清迈大学。晚餐是由清迈大学出面招待的，一位副校长从曼谷乘飞机赶回来作陪。他没有蓄发，光头，一双眼睛闪着过人的聪灵之光，一看就是个精明干练的人。他热情洋溢，致词说，中泰两国友谊是几百年前开始建立的，可谓源远流长，与日俱增。我在北京访问时，没有陌生感，像是串门走亲戚。文学交流是增进两国人民友好交往的重要渠道，文学打破了国界。

我相信他的话是真情实感，因为我在泰国的感觉与他在北京的感觉是一样的。

和我邻座的一位女青年，浓密的黑发，白胖胖的圆脸，讲一口比较流利的北京话。她的名字叫蒋嫦娥，华裔，父母都是华人。她刚刚从北京语言学院毕业，在清迈大学人类学系任中文教师，不过三四个月，是八月从北京语言学院结业回泰的。

她说在北京学习四年留下难以忘怀的印象，她常常做梦，梦见北京自行车的河流。在北京的四年学习生活，除了冬天寒冷的气候有点难撑，其余都能适应，都很愉快。她说她骑自行车在北京穿街过巷，谁也认不出她是泰国留学生，跟在自己家里一样。临近毕业，她到西安，在陕西师大做客三四天，游览了西安的古迹胜地，对师大饭堂的绿豆粥和糖醋排骨印象很深，十分可口。

12月27日
清迈

清迈是泰国北部一个最大的也是最古老的城市。清迈北部环山，气候清爽，在炎热难忍的雨季里，是人们可以避暑的理想城市。

仅有30万人口的清迈，比曼谷清静优雅多了，没有曼谷大街上那流水般的小车的景象；大街上空荡荡的，没有拥塞的压抑感。街道宽敞，街树和草地碧绿，我在这个城市的街道上漫步一阵儿，感到自由自在，浑身轻松。

参观象山。公路盘旋着通进一座山谷。路边有许多苗族妇女和小伙子，摆一张小桌，陈列着木雕的大象、麻或布的手工织物、银制的项链等，招徕过往的客人。那些甚为精巧的织物，图案漂亮，大红大黑大绿，色彩强烈，摆在身旁的大青石上，任客人选择。

象山是专门为游客开辟的一座游玩场所。主人是一位中年妇女，穿着泰人妇女宽大的短袖衫，给我们介绍了她的象山的情况。她养了十几头象，雇了几个管理工。门票40泰铢，相当于人民币五元，最多时每天接待四五百人，可收入22000泰铢。管理大象十分简单，几近无管理状态，大象自己在山上自由觅食，自由择地歇息，天明时，一个个准时回来，开始一天里应干的工作——为游人表演。

一个个泰族青年，分乘一头大象，不搭鞍架，双胯骑在象脖子上，手里拿一根树条，击打象耳，赤足踢着象的耳背，从山坡小路上下来了，看来指挥大象行动的标志是击打它的耳朵。一头头大象从山坡上下来，进入溪流，或立或卧，恣意洗浴，赶象的小青年仍然骑在象背上，用一只吊桶从溪流里汲水，泼到象背上，洗涮得干干净净。

大象的表演只有一个节目：拖木头。木头是真木头，不过全是为表演准备的，分别藏在山坡的几个角落里，用一根绳子挂在象脖上，再用铁索穿过木头的钻孔，由小青年指挥着拖回场地中心来。卸下木头，由一只体形最大的公象做整理工作，用鼻子一下一下卷起来，堆摞整齐。这只大象，是象族的班长，两只刚刚露出唇边的断牙，很有一股雄伟气概。

女主人介绍说，这头大象，夜栖在山上，被贼用酒泡的食物麻醉后，偷锯了两只美丽珍贵的大牙。丢失大牙后，它躺在山上，不吃不喝，整整哭了一天，颇为动人。

游客来自世界各地，男女老少，都兴致勃勃地拥到象山来，看大象表演。大人和小孩，手里提着在门口买来的香蕉，扔给大象，它一摆头就吃了。从无象的国家来的游人，能给象嘴里塞一根香蕉，也是一种乐趣。这些大象每天早晨如时回归，情愿接受人们指挥着去表演一番，其原因大约在于游客手里那一串串奉献的香蕉的诱惑吧？

乘骑大象需再买票，排队。象背上置一只双人木椅，供没有坐骑技术的游客享受。我坐上去了，是一只最调皮的小象，它不耐烦像那几头老象那样慢腾腾地扭动，就超过它们，很快地走完了一下一上一段半圆的山路，那椅子的后背磕得我的后背好疼。我算是骑了象了。

轮到未央先生上象的时候，正好与一位欧洲女郎同骑同椅。那位女郎大约来自欧洲的某个无象国家，充满了好奇，一爬上大象脊背，惊喜不已，和未央拉话，可惜未央不懂英语，无法交流。泰国朋友和我们都开未央的玩笑：未央交了桃花运！天赐良机与金发女郎邂逅，不虚此行！有人给未央即兴献诗：

泰国大象雄奇无比，

驮负着欧亚两块大陆，

地球太小了，

亚细亚和欧罗巴装在一只象背上

花园饭店，一位书店的老板设宴招待我们。说她老板，其实只是一位小姑娘。在初到清迈的头天晚上，清迈大学设宴座谈的饭桌上，我们已经相识了，大家对她留下一个明显的共同的印象：女强人。

她的表象没有强人外露的征象。她个子不高，瘦瘦的，平直的黑发齐着脖颈；瘦小的脸膛是白皙的，鼻梁上架着一副白色镜框的眼镜，而眼睛却是纯净而又专注的。初次接触，很容易使人产生错觉，她太像中国姑娘。在中国的大学校园里，你很容易找到这样穿着朴素干净而又纯净自尊的姑娘。然而她已经是清迈城最大的一家书店的老板了。

清迈城议长先生在座，很自豪地向大家介绍这家书店和这位女老板。她的父亲，过去一直是报纸推销员，一生也没有创立起太显著的家业，死后留下三个女儿，生活陷入困境。三个女儿很有志气，开办书店，创家立业，经过几年奋斗，现在已经创立下清迈城颇具规模的一家书店。

我们已经参观过这家书店，主体楼房很漂亮，一楼和二楼都是营业厅，面积不少于西安市钟楼旁的那家最大的书店。多数图书，低架两面摆置，任何顾客都可以自由选择、翻阅，营业员游散在书架之间，时时照顾顾客买书。除泰文版图书外，经销英、美、法、日等国的大量书籍和杂志。她和外国出版商订有合同，在这里推销。

她介绍说，父亲死后，家道艰辛，姐妹三人创办书店的过程，始终得到议长先生的热心支持。这位议长，在清迈是很孚众望的一位人物。他自己开报馆，出版《清迈日报》，又身兼议长，做许多有益于人民的社会工作，清迈大学聘他为校委会委员。议长先生访问过中国，十分热情，自我们踏入清迈的头一天，他就陪着我们访问，一直作陪到底，不厌其烦。是一位精明而又敦厚的议长。

小姑娘留学英、美，通晓英、法语言，正在学习中文，尤其喜欢李白、王维的诗歌。她说，在世界上众多的民族语言中，华语最动听，说话像唱歌。每听华语，都有一种优美的音乐感。她觉得遗憾的是，在她的书店的书架上，没有中国的出版物，并希望日后能经销中国的图书。

12月28日

清迈

环抱着清迈城的山是美丽的,清葱葱的树木,盛开的野花,看不到裸露的地皮,得天独厚的热带气候,使花草树木的族类得以自由地繁衍。

汽车在山间盘旋而上。这山叫素贴山,山顶有一佛寺,叫双龙寺。去双龙寺的路上,顺便看了一座山区的街镇,因为是苗族聚居区,我叫它苗族一条街。苗族一条街,竟是一条难以预料的繁华的小街。

一条坑坑洼洼的公路,通到山的高处的一个洼地里,一条窄窄的小街,两边开店,有构造精致的固定的铺店,也有临时游动的华丽的伞篷车,还有就地摆摊设点的地摊生意,拥拥挤挤,排成一条曲曲拐拐的山间小街的街道。

店铺里、篷车中和地摊上摆着的物品,多是金银首饰,宝石钻石,象牙雕刻,虎骨熊胆,玉石器玩,名贵药材,鲜花野花,铜钟摇铃,春宫画片,歌曲磁带,各色衣服(民族服装和流行服装混杂一起),展示一种只有在此处才和谐的异地风姿。

街道上涌流着各色人种，欧美的白色男女，黑色的非洲兄弟，头上包着厚重布巾的阿拉伯人，打着红色俏点的印度女人，都在这种小街上闲逛。

我们走进一家小店，铺面柜台上插着两只完整的象牙，金黄色，摸一摸，溜光。主人是一位老头儿，瘦瘦的脸颊，一副金丝眼镜。他把象牙放到柜台玻璃下，轻轻移动，隔着玻璃，我就看见一只小黑点在象牙上闪现。其实象牙是洁净无瑕的，老人说，这是鉴别象牙真伪的最简单的办法。

"先生从哪儿来？"

"北京。"

"我也是中国人。"老头儿自我介绍，"我从云南来，好几十年了。"

这条街上，有好多中国人，有汉族，也有苗族，还有藏族，他们是从云南过来的，有的是新中国成立前来的，有的是新中国成立后来的。这里的汉族人，有些是新中国成立前夕国民党的散兵游勇，而后来落脚此地，做个买卖。

这个小街，类似于三不管的僻远之地，走私贩毒，也少所忌讳。小街顶头，连着一个苗族人居住的寨子。山洼里，散落着一幢幢木屋，铁皮盖顶，木板筑墙，全是黑色。

我们走进一家屋门，门口的泥巴火炉里燃着火，一位老汉在火堆里挑拨着,像是寻找什么煨在炉灰里的东西。一位中年男子,看见我们进门,也不招呼,就从里屋端出一个木盘,木盘里盛着抽鸦片的烟具。

中年人解开一个小包,小包是细薄的塑料纸,里头包着一团黏泥样的黏稠的东西,紫黑色,这就是鸦片烟。鄙人第一次看见这种东西。我的家乡陕西关中曾经是盛产鸦片的地方,小麦和谷物废弃了,乡民们种鸦片卖钱兼自抽。我所生活着的村子的老人,常在闲聊中谈起种植鸦片的景况,令中年以下的人迷惑莫解。新中国成立后,这种只具有药用价值的毒品,早已从富饶的关中平原上的田地里铲除尽了,只是限定在一些药物种植场栽培。我至今也没有见过一株罂粟的枝体,更没有见过制成的鸦片烟了。

问及他的家庭,他说他只有一个老婆,父亲死了,在门口火堆里挑拨着什么东西的老人,是他的岳父,同室而居。他有三个孩子,两女一男。苗族通行一夫多妻风俗,他没有娶小。他的女人出工去了,未能见到,这儿的风俗也奇特,女人出山种地,砍柴;男人在屋做饭,管孩子,吸毒。

我们从小街上返回的时候,又撞见了中年苗族人,他从腰里掏出一只精致的小盒子,装着红的绿的宝石,问我们要不要?瞧着他黄里透黑的脸孔,我摇摇头,心里想,一个专营贩毒和吸毒的民族，会有什么出息呢？

沿着苗寨一条街往下走，返回时，我已没有来时的那样高的兴致了，跚跚地走着。

一家铺店的门口，站着一个女子盯着我看，怯怯地笑了，开口问："您从哪儿来。"

我站住，答："北京。"

女子又问："你是个人旅游，还是代表团？"

我说："代表团。中国作家代表团。"

"呀！你们是作家——"小姑娘有点惊喜地笑了，笑容覆盖了那脸上的怯怯之色，这才自我介绍说，"我从台湾来。"

"噢呀！"这回轮到我惊喜了。

她告诉我，她出生在台湾，母亲是天津人，父亲是上海籍，新中国成立前随父母到台，几十年了，总是听父母说家乡的记忆，她却只是一片想象的幻觉。她的爷爷临终时，念念不忘故乡，终未能看一眼，已成遗愿了。

"你没回过祖国吧？"

"没有，听说大陆很苦，我怕吃苦。"

"什么时候你回去看看就知道了，不会的。"

"听说'文革'中把人当'牛鬼蛇神'斗争……"

"已经过去了。现在，祖国有很大发展和变化。"

小姑娘说,她在一家公司工作,高中毕业,未能进入高等学校,随之就业了。她们一帮十来个青年男女,自费出来旅游,胸上贴一块"快活旅游"的纸牌。

"我可以与你合影吗?"她笑着问。

"好的。"我说。

她站在我旁边,向那位同行的男青年示意,男青年举起照相机。照完相,她走到男青年跟前,却又怯怯地问:"我照相……不要紧吧?"

我的心头闪过一道阴影。

我连忙安慰"没关系!"自己心里也更加觉得难受。那位男青年安慰她说:"没事。没关系。不要紧。"

她似乎稍有宽解,向我介绍那位男青年,他是他们旅游团的"团长"。随之,他们十来个青年男女全拥过来,我们的作家也走到一堆了,在泰国的山区的一条苗族小街上,大家畅快地谈起来,不用翻译。照相,另一位小姑娘已经哭了。我的心里也涌起一阵阵激动。我们相逢在异国。我们毕竟是同胞。

晚饭是一餐别具风味儿的民族饭。这是一家刚开张两天的饭店,甚为豪华,自然是私营的。地板上铺地毯,客人坐在地毯上就餐,饭菜连盘送来,置于地毯上。服务员一律是刚刚经过严格训练的青年男女，给客人送酒送菜，先跪后递，彬彬有礼。

我们来时，已经换上了他们赠送的民族服装，短袖，圆领，左胸一个小口袋，下襟两个大口袋，布是蓝色的家织土布。许是因为我们人多，被安置在一长排矮桌前，坐在矮凳上，每个人一只倚枕。倚枕是很大的一个软硬适度的三角形，累时可以挟在腋下，侧身倚着，歇息一会儿，颇为舒适。

纯粹的民族风味的饭菜。菜用黄釉瓷盒盛着，米饭则装在一只竹篾编织的小篓里。不备筷子，也不备刀叉，米饭要用手挖出来，捏成一团，再摊开，夹上菜吃。菜也要用手捞出来，夹进米饭团中。吃着这样的饭，自然有趣，可以亲身体验一下古远的泰族人的生活习俗。

饭厅的小舞台上，正在演出民族歌舞。

有一个击鼓的舞蹈，很有气魄，两个演员抬一面大鼓，抬鼓的杠子有两把粗细，叉开双足，站立在舞台上。一名演员，一身黑色的民族服装，短袖衫，吊裆裤，动作潇洒地击捶大鼓，一会儿用拳擂，一会儿用脚踢，时而用肘碰，时而用头撞……总之，用身体各个部位去击鼓，动作灵巧而又豪壮。

进入这个饭厅，听到的是民族乐曲，看到的是民族舞蹈，穿的是民族服装，吃的是民族风味的饭菜，使人充分感受到泰民族的气氛。食之将毕，演员们从两边走下台来，向客人作鞠躬状，邀请客人上台跳舞。陪同我们的议长先生说，这是不能违背的。于是大家就登台了。

台子一侧，乐队正演奏出优雅的泰国民间舞曲。我们模仿着演员们的手姿和脚步扭着。那些欧美白色人，早已登台，扭起来了。议长先生身体魁梧，却不显笨，跳起民族舞来，竟然优雅而自豪。整个台上，食客和演员融会在亲密的气氛中。这样别出心裁的饭店，令人难忘。

我们下榻于清迈城外圈的一家私人经营的宾馆，和在曼谷的宾馆一样，服务之周到是令人感觉特别明显的。汽车刚停在门口，男服务员就赶到车前了，从车里卸下行李，问清房号，拎起箱子就走了，到客人开门时，箱子已搁在门口。领取房间钥匙的值班女服务员，总是笑容可掬，殷勤而耐心，很难看到大而话之或是冰冷无礼的脸孔，真是训练有素。

四楼之上的七楼，是营业性质的浴池。我已经从华文报纸上多次看到过曼谷的浴池所做的广告，起初尚弄不清，后来就明白了那些赤裸裸的措辞，正因为过于赤裸裸，反倒使人一下子难以理解。说真话，我自能读得报纸，至今没见过这样的广告，所以难免吃惊。

几乎占有《中华日报》12月24日整个一版的广告内容

如下:"昭拍耶大浴室第三分室开幕之庆——轻摸细擦,妙在其中——即日起为顾客真诚服务,欢迎参观赐教。"整个一版的三分之一的版面,刊登着十位女郎的照片,只着三点式紧身衣,裸身袒胸,笑站一排。

就是这些妙龄女郎充当这家浴池的搓澡工。类似的广告有理发女郎的半裸照片,有伴游社里女郎的半裸照片,有些广告的语言已经具有更明显的挑逗性,以此招徕顾客。

我们几个决定上七楼浴池去看看。电梯门启开,踏上七楼地板,一眼瞅见,营业室的半边,是全部用玻璃嵌镶的两道隔墙,与墙壁组成一座玻璃小屋。里面有三四层台阶,铺着红地毡,大约有二十几位女子坐在台阶上,身着白色裙衣,胸前印着红色号码的标记。她们有的编织着织物,有的玩扑克,有的端坐着,有的在闲聊。室内安置一排沙发,供来客休息。一位管理人员,坐在沙发上,面前一只小桌,一个登记本。那人脸皮黑色,一双鹰一样的眼睛。我在中国古戏舞台上看见过的妓院老鸨的眼睛,就是这种神色,大约世界上的老鸨都是这样气色的眼睛。

玻璃墙外,有两个男人朝里头死死瞅着,然后给那女鸨说了一句,女鸨在本上登记了,然后喊了一声,大约是叫号。这时,一位女郎从门里走出,搂着那位男人进入走道里去。

问那女鸨，说收入大约四六开成，浴女占四成，门票大约为五六十元人民币。

据说房间里设浴盆，又设一床，女郎搓澡之外，并不拒绝浴客的其他要求。实际上，浴女是合法职业，兼同卖淫。

我坐在沙发上，心都紧缩了，看一看这个格局，我立即反射出"拍卖人肉"的感觉。这种场面，甭说看到，连想也想象不出来，竟是这样赤裸裸地拍卖人肉。我们的感官和心理都无法承受这样的强烈刺激，匆匆离开了。人的价值，人的尊严，人的个性和人格，关于这些方面所形成的我们的观念，一下子受到赤裸裸的完全相反的观念的抗战，我们的直觉很不好受，连多看一眼的力气也没有了，太可怕了。

12月29日

素可泰

素可泰，是泰国历史上建立第一个封建王朝的古城，史书上称为素可泰王朝时期。素可泰，在泰语里的实际含义是：幸福开始。

从清迈出发，越过北部低矮的山地和丘陵，越过青青苍苍的常绿的丛林，到达离素可泰古城20里处的彭斯洛府，这是泰国的一座新兴的省城。

彭斯洛府有一所最高学府——斯那卡林大学的一个分校，称为彭斯洛大学。斯那卡林大学有11所分校，散设于南北各地府城里，总校在曼谷。陪同我们的泰国作家协会副主席平开女士，即在此校任教，作副教授。她的丈夫是该校的副校长。彭斯洛分校现有学生2000多名，在11个分校中居第三，现在正筹备扩大校舍，增设农学、水利、动力等系。我们看了整个学校教学秩序的录像以及要扩建的新校址的进展的录像。之后，主人带我们去看看大学生的生活宿舍。

宿舍楼在校园一侧，按照泰国人的生活习惯，进门先脱鞋，虽然感到麻烦，还是遵守着脱了鞋。是的，我们到寺庙参观，到一些新结识的朋友家做客，都在进门之前脱下鞋来，出门时再穿上，感到了麻烦。在泰国的宾馆和饭店里，那些训练有素的男女服务员，衣装洁净，却一律打赤脚，不穿袜子，脚趾甲修剪得很齐整，一律涂成鲜艳的红色——是这里的生活习惯。

男生宿舍楼里，有一间娱乐室，坐着几十个纯一色的男孩子，自然全是赤脚。有的玩棋，棋子上标着一些动物图案，不知是什么棋类，弈者却玩得全神贯注，津津有味。有的在打扑克。多数孩子在看电视，电视上正在播放着拳击比赛的实况录像。我已从华人报纸上看到，泰国拳击大赛于日前刚刚结束，泰国的拳王击败了所有国内外对手，取得胜利，引起整个民众的强烈反响。这种激动人心的时刻已经过去，学生们依然热情未竭，兴致勃勃地收看拳击比赛的实况录像，不住发出赞叹。在和平年月里，体育竞赛是最容易激发民族热情的一个项目，在世界各民族都是这样。

男生宿舍，十人一室，门上贴着居住者的照片和姓名，便于别人寻找吧。室内置床，分上下层，铁架床，只占屋子的三分之一面积，其余地方，留下宽敞的活动场地。地上搁着正要洗的衣服，桌上和床上，衣服和书籍以及洗漱用具，看去有点零乱。男孩嘛！都这样。

正墙上贴着一张金发碧眼的白种女人的裸体照片，除了在两腿间置一丛鲜花遮掩其阴部以外，这幅裸体照片就算裸得最彻底了，一丝不挂，两只丰满的乳房现出弹性和质感。据说，泰国的出版法规定，除了男女的阴部不能裸露以外，其他都算合法的。

又一间男生宿舍，门上贴着十个白种人的照片和英文名字。问：是留学生吧？校方主人笑答：这个宿舍的学生选了各自喜欢的一位世界名人，有歌唱家，有足球明星，代替自己的相片——他们开玩笑。

宿舍楼内有室内浴池，楼后有露天冷水浴池，冷水浴池设备很简单，只有一个石棉顶棚屋，下置一个大水泥池。另有几个大缸，全注满冷水。备有几只水瓢，浴者用瓢朝自己头上身上浇水，冲涮一下，消除热暑，想必是舒心的。

校方主人很抱歉地告诉我们，他不能带我们去参观女生宿舍。他解释说，在他们学校里，规定男生不得进入女生宿舍，无论公事或私事，一律不得进入，违者算严重违犯校纪。每周规定一天，女生宿舍开放，可以容忍男性学生进入。今天非开放日，他不能进去，中国客人也不能进去了。这种禁忌出于怎样的考虑，主人没有说，我们也不便问，总有自己的道理吧！

校方介绍说，这所大学是为穷人的孩子开办的学校，好多学生来自泰国东部高原和北部山区的穷乡僻壤，享受公费教育，在此就读。尽管校方的教育目的是培养为社会服务的人才，然而学生毕业后的就业率却不太高，大约只有百分之二十的学生毕业后能够找到职业，其余百分之八十的毕业生，需得等待机会和自己去寻求，究竟什么时候能找到一个稍可满意的职业，就不大好说了。

参观彭斯洛府的素可泰国家博物馆

这个博物馆，向一切企图了解泰国和泰民族的人展示出这个国家最早的经济形态和文化形态，无疑是了解今天的泰国发展演变的最可靠的历史依据。

泰国第一个封建王朝——素可泰王朝——建立以前，有关泰国的历史发展只能依赖于中国史书零星点滴的记载。没有办法，那个时期，泰国尚没有文字。

公元245年，即中国的三国鼎立时期，吴国官员朱寨和康泰出访扶南（今柬埔寨）等东南亚国家后，在他们著述中，提到过今天的泰国地区的金陈（或金邻）等小公国，这是中国史书对泰国地区国家最早的文字记录。

6世纪，在今泰国中部出现了一个堕罗钵底国。南部沿海，先后出现了四五个互不来往、自行其政的小公国，无异于奴隶制统辖的小部落或公国。

12世纪，湄南河下游出现了罗斛国家，此当中国宋朝。罗斛国于宋政和五年派使访问中国，遂开两国商贸和友好往来，并送给中国第一头泰国大象。

素可泰王国正是此一时期出现于湄南河上游的小公国。与其先后出现的小公国还有，以清迈为中心的兰那泰王国，以帕耀为中心的帕耀国。兰那泰王国是中国史书所载的"八百媳妇国"，传说国王有八百妻室，每人各占一寨，因此而名之。兰那泰国势最强，以清迈为都。素可泰当初是无法与之匹敌的一个小国。

素可泰三世王坤兰甘亨时期，国势大增，不断扩展，一直伸展到湄南河流域，甚至到南部马来半岛。到13世纪末，三世王建立了以素可泰为首城的强大王国，邻近的小公国一一被征服，建立起泰国历史上第一个统一的封建王朝。

坤兰甘亨王在位42年，盛极一时。泰国人无不知晓这位君王。在他的诸多建树中，尤其伟大的功勋是创造了泰族的文字。公元1283年，坤兰甘亨国王召集国内文人学士、知识贤达，将泰国地区流行的各种文字，根据泰族语言的特点，进行吸收、改造、修订，创造出一种统一的文字来，成为泰国独特的民族文字。泰族有了自己的文字，对于泰族的发展所具有的伟大的意义，是不言而喻的。一个没有文字的民族，将是怎样一种可怕的状态！文字是火，文字是灯盏，它的出现，将把光明第一次撒向整个民族的历史和未来，将照耀着这个民族不断前进，摆脱愚昧，走向文明。一个产生了自己的文字的民族，就成为一个不可征服和消灭的民族。泰国的历史所给予坤兰甘亨国王的重要地位是不言而喻的。今天的泰语与坤兰甘亨王所创造的文字几乎无甚差异，可见其创造的强大的生命力和伟大的神力。人民熟知坤兰甘亨，崇敬这位君王，是必然的。

展室里的第一件展品，是一块碑石，四面四棱，上面刻着密密麻麻的文字。文字的内容大约是素可泰王国的史实以及开发和征战的光荣业绩。这是泰国第一次用文字记载的历史遗物，堪为国宝，原物保存在曼谷的国家博物馆里，而文物的出土地——彭斯洛府，只能保存一个仿制品。这块碑石的发现，应该说是一个伟大的发现，它的出土，使一个民族发现了自己。素可泰王朝盛极一时，建成了比较规范的封建制度的军事、政治、经济、文化和规章，创造了泰国历史上从奴隶制的诸多公国过渡到封建制的第一次文明和繁荣。这一点，从保存下来的大量佛像中表现得十分突出、鲜明。素可泰时期的佛像，一个个都塑造得丰满、从容，神态安详和悦，线条圆滑柔和，体态轻盈，面部漂亮。令人惊异的是，眼睛全都睁开，与我们所看过的后来几个王朝时期的佛像截然不同，那些佛像的眼睛，几乎全是半闭的，目光下坠。于此可以想见，素可泰时期经济繁荣，人民生活安逸，一片升平景象。尤为罕见的是，一尊举步抬足呈走动姿态的佛像，一脚着地，一脚抬起，飘然若仙姿，面露欣然微笑。佛像见了不少，多是呆呆地坐着，或是木然地站着，亦有卧佛，都看过了。这尊飘然仙姿走动着的佛像，真是对佛门那种循规蹈矩的站坐习惯的一个反叛，佛成了人了。

在这个王朝的历史遗物中，有性生殖器的石雕造形。佛教对性生殖器的崇拜，从形成这个国家的时候就存在于祖先的意识之中，它崇敬的是人类自然属性的本能，而把一切羞羞答答的遮掩都撕掉了。这类赤裸裸地雕塑得十分形象的崇拜物，十分普遍。

当我们再去观瞻一尊被泰国朋友称为世界上最美丽的佛像时，真为这尊佛像漂亮的神态造型所感染。在这座寺庙外的广场上，我遇到两个年轻的小和尚，他俩正在买彩票。我与之交谈，其中一位高个的和尚说，他原是一个油田工人，刚刚入寺当和尚，仅有三天的时间。看看他的秃头，似乎不假，那头发剃掉后留下的印痕可以证明。他说，再有四天就结束和尚生活了，他仍回油田去当矿工。另一位瘦小的和尚，看去不过十六七岁，他说他要当十年和尚，再返俗归家。泰国佛教兴盛不衰，堪称佛国，每一个男性公民，都必须过一次和尚的生活，接受佛教的训示，不过时间不限，可多可少，少则几天，多则几年以至终生，全由个人选择。未婚时可以去当和尚，结婚后仍然可以去当和尚。

和尚是受整个社会崇敬的。在曼谷和清迈，每天清早，

-243

太阳尚未露脸的微明中，这条街或那条街，都能看到身穿黄色袈裟的和尚，手托缘钵在化缘，挨着一家一铺走过去，由各家主人随意施舍钱物和食品供一天食用，每天如此，因为和尚是不动烟火也不办食堂的。人们对和尚的施舍是慷慨的，虔诚的，那是为着积德行善，以修阴福。

我们在参观诸多的寺庙时，一位泰国女作家，见佛必拜，神态虔诚。我问她："你这样做，有什么感觉？"她笑着说："我拜叩一次，心里就有了一种安全感。"当然，我一时是无法理解和体味这种心理感受的。不过，人都乞望在每一天的生活里有一种安全感倒是真的。

12月30日

素可泰

这就是泰国第一个封建王朝——素可泰王朝的遗址。断垣残壁，折断的石头立柱，石头铺垫的走道。所有这些残留的建筑物，全都是一种马蜂窝状的石头，红色上结着黑色的锈斑。据说这东西原本不是石头，是一种泥土，一种奇异的泥土，垒墙立柱之后，风吹日晒，渐渐地由稀软的泥巴而变为坚硬的石头，犹如水泥。

这就是800年前鼎盛一时的素可泰王朝的王宫遗址。这儿曾经是一座富丽堂皇的宫殿楼阙。这儿曾经有过宫女娇娥翩跹的舞姿和欢愉的歌声。这儿曾经发出过国王征服邻国的军令。这儿……现在是一片废墟！

城内有城河蜿蜒绕流。近年间，从飞机上鸟瞰，才发现了古河流的踪迹，开始挖凿已经干枯淤塞的河道，引进流水，才恢复了这一泓清流，立即使荒凉的王宫恢复了生气，恢复了活力。20年前，国家开始修复古城，每年逐次拨款，逐渐恢复。现已遍植草皮，绿茸一片，树木已经粗壮，遮下一片绿荫。庞大的恢复工作尚待日后。任何一个民族都珍重自己的历史遗迹，不惜破费财力物力去重现当年的盛景。

汽车沿着古城的城墙开行，可以看到城墙坍塌以后所留下的土堆，长满了杂草和藤蔓。城墙平行三道，中间夹两道城河，可谓防备森严。整个古城成四方形，每面开城门，就有东西南北四个大城门，现在可以看到的只是一堆略呈白色的土堆。完全可以想见，古城当年的雄伟姿态。

当我徜徉在清清的水畔，绿茸茸的草地上，残垣断柱的王宫宫殿废址上，我的脑子里浮现出一幅悲壮的画面：从中国云南的丛山峻岭中，正有一队队浩浩荡荡的傣族人，大象开路，壮男执矛提刀，杀死侵袭的土著，砍开热带丛莽中的藤萝，辟出一条路来，保护着妇女和儿童向南前进。这就是苏联学者柯尔涅夫所描述的惊心动魄的傣族南迁的悲壮画面。这种民族大迁徙的行动从中国的唐朝时期就开始了，一直断断续续延续了几个世纪。这些傣族人在湄南河流域的肥沃土壤里发展壮大，最初形成了小小的素可泰部落，最后发展成为泰国历史上的第一个封建王朝。

泰族是傣族南迁的结果，这种理论，连泰国的历史学家也是这样肯定的。只是到了近年间，考古学家在西北部的杜赫洞穴里发现了打制的砍伐工具，磨制的矩形石斧、石刀和蝇纹陶器，堆积的植物和播撒的种子，才证明了泰国境内的杜赫人存在并从中石器时代向新石器时代发展的历史。现在，泰族即傣族南迁的后裔的构想被怀疑了，动摇了。

素可泰王朝先后12次派使前往中国的元朝政府，可见交往之密切，而中国元朝的统治只不过百年的历史。中国元朝的使者于1293年和1295年先后访问了素可泰王国，增进了了解。

素可泰王朝有整整200年的历史，坤兰甘亨之后，他的子孙腐败无能，国力大衰，终于为南方新兴的阿瑜陀耶王国所征服、吞并，泰国的历史便进入第二个阶段——阿瑜陀耶王朝。

我曾在阿瑜陀耶王朝遗址的废墟上兴叹不已。因为这个王朝的覆灭也是统治者腐败的结果，招致外族入侵，灭了国。这是一个被许多封建国家的封建统治者重复了不知多少次的教训，无法逆转。郑王在位仅只短短的15年，最终的教训也非此莫属。泰国进入第三个王朝——曼谷王朝——以后，又延续了数百年，为新兴的资产阶级议会所取代，现在仍然保留着王朝的形式，进入到九世王时期了。

我从曼谷到阿瑜陀耶，再到素可泰，循着历史的河流溯流而上，终于走过了800年的历史航道，从那些残留的废墟中，看到了一个民族和国家演变的历史，粗略读完了这个民族的历史教科书。

素可泰现任府尹设午宴招待。他中等身材，胸前和肩膀上佩戴着绶带和肩章，一双很自尊的眼神。他对中国作家代表团访问自己的古老国土，表示出真挚欢迎的情怀，不是虚与应酬的官话。他说："在素可泰，没有按摩院，没有搓澡女郎的大浴池。在这个古都里，我不允许那些东西存在。"

按摩院，大浴池，实际都是卖淫的场所。在泰国，这些场所遍及大小城市。他企图保存素可泰古城的古朴遗风，大约不会太容易的。他一定更比我们深知其艰难，仍是要坚持保存一块净洁的圣地，令人钦佩。

他说:"你们在泰国看到了许多在中国看不到的现象。你们是作家,回去以后,怎么写泰国,那在你们。素可泰不允许有那些东西。"是啊!我已经从他的语气中感知到一缕深重的东西,他是一个极富于民族自尊的府尹。我在泰国看到了许多好地东西,领受了中泰人民之间的友好情谊,看到了十分完美的服务,也看到了诸如大浴池一类令人难以想象的现象。我是作家,以眼见耳闻为依据,客观地记述我的见闻,这并不影响什么好的东西的存在。因为我接触到的泰国朋友中,他们也为这种不好的现象忧虑,包括府尹自己,也是一样的。

他说:"泰国是个小国,中国是个大国,比起来,泰国与中国这样的大国是不能相比的。但我们是近邻,是亲戚,我们会很好地相处下去。如果世界上各个国家都像中国和泰国这样友好相处,世界就安宁了。"府尹先生的这个概括是精确的。

我与一位华人同座。他看去30上下,讲一口很流利的普通话,人很腼腆、质朴。他告诉我,他是一个小学的校长。这所小学是华人小学,设华语,是素可泰的华人所办的私立小学。在泰国,小学里不开汉语课,华人办的小学准设国语(即华语),但限制在小学一至四年级,再往上,就不许开设国语课了，因为是私立小学，校长和教员不属国家公职人员，不能享受退休金待遇，所以工薪就高些，他的月薪为4000泰铢，折合人民币500元，已经不算少了，教员比校长稍少一些。

12月31日

北榄坡

北榄坡，是当地华人给这座北部城市起的名字，许是因为顺口，现在通用了。这座城市的泰语名字叫那空沙万，含义极美，是天堂般的城市。

去北榄坡的路上，我们访问了两户农家。

在泰国，我们已经倒循着历史车轮碾过的辙印，参观了三个王朝的国都遗址；已经访问过大学；已经参观过华人报社；已经看过诸多的庙宇佛寺；已经和泰国作家组织过座谈；唯一缺憾的是没有到农村去看看，而泰国的农民是以怎样的生活形态生活着？泰国朋友满足了我们的提议，把这项活动挤夹进排得满满的活动日程，在去北榄坡的途中，随便找一个靠近公路的村庄去看看。

岔开公路，汽车驶入一条坑坑洼洼的土石大路。路边的水潭里，有一位姑娘在洗衣服。大约二三百米处，有一幢草顶木屋。汽车在打谷场上停下来。场上堆垛着偌大一堆稻穗,金黄金黄的稻穗,等待脱粒,没有任何遮盖苫护的设施。太阳在稻穗上闪耀着金色的光,天空湛蓝如洗,不见一丝云彩。旱季里,这个临近赤道的热带国家,使人感到中国北方伏天里天旱的气象,树叶被晒得发黑发灰了,乡间道路上被车碾足踏的细灰扑扑飞扬。

一座草顶木屋,十分凌乱,到处乱挂着脱下的脏衣和脏裤,农具也乱扔一气,地上铺撒着稻秆柴叶,使人想到刚刚结束了一场繁重的收割之后,尚未来得及整理这一切。

木屋前的树荫下,坐着一位中年妇女和一位老头儿,两人都在忙着织补麻袋。她和他的手里捏着一根又粗又长的铁针,穿着绳子,把麻袋上的破洞补缀齐全。很显然,这是稻谷脱粒前必做的准备工作。女主人壮健、精干,说话很爽快。和中国的农妇一样,繁忙的收获季节是无法修饰自己的,穿着褪色的衣服,头发散乱。那位老头儿皮肤黝黑,松弛,灰白的头发干燥如草枝,眼睛不大好使,神态有点拘束,一种少见世面的人常有的那种拘束。女主人回答了我们的询问,介绍了她的家庭。

这家农户七口人,她是女主人,有丈夫和四个孩子,那位老人是她的生父,农忙时节来帮忙的。孩子和丈夫都不在家，忙什么活去了。这幢木屋不是她家的居室，是收获时节临时居住的房子。她家的土地集中于此，离村庄很远，往来不便，每逢收割季节，就暂且居住在这里，收获结束以后，就返回村子里去了。

她家种着 70 菜地（每菜地折合中国二亩四分，大约有 170 亩地了），可以说是够多的了。我生活过的渭河边缘的灞河川道里，人均土地不足一亩，责任制实行以后，一般五口人的家庭不过经营五六亩旱地和水地，靠近西安市区的蔬菜专业队里，还要少，少到只有几分地。

泰国农村的过去类似于新中国成立前的农村状况，土地大量集中于少数人手里，大批农民靠租地交租的形式生活着，中部地区尤为严重，佃农和半佃农占总农户的百分之四十三，生活困苦不堪，农民问题十分尖锐。1975 年，泰国政府实行土地改革，以政府拨款收买大土地占有者的土地的方式，把土地分配给无地和少地的农民，国王曾带头向土改办公室交献出一批王室的土地。农村问题得到一定缓解。

她说每菜地可以收获 30 桶。桶类似于我国农村的大斗。每桶十公斤，即每菜地可以收获 300 公斤，共可以收获两万多公斤。对于一个农家来说，收获两万公斤稻谷也不算少了。可是按单位面积算起来，应该说很低，每亩地不过 120 多公斤。

我怀疑她说得是否实在。

除一家人食用外，其余的稻谷全都卖掉，国家规定每桶（十公斤）稻谷31泰铢，而她们常常不能交售给国家，收购量有限制，于是就自己找门路推销，价格往往撑不上国家规定的价格。收割季节，自己忙活不过来时，就请帮工，给帮工的工钱以稻谷抵付。

我们问："像你这样的农家，在乡村里算富户，还是穷户？"她立即对答说："当然是穷人啰！"

随同的一位泰国作家撇撇嘴，悄悄告诉我们："她根本不是穷人！她就爱哭穷！"

我想，耕种着这么多土地，一料收获两万多斤稻谷；前一料种植豆麦、红小豆、绿豆、黄豆，大约也可以收获两万多斤吧！一年有这样丰盈的收成，穷也许只是相对而言，比起曼谷那些银行家或大生意人，她是很穷很穷的了，在乡村里，起码可以算是一个中溜儿农户了。哭穷这种心理习惯，看来不仅仅是中国农民独有的心理状态，哭穷以引起社会的同情。

在她的木屋旁边，有一片不小的芭蕉园，果实累累。我们钻进园中，地上挖着一排排小坑，四方形，坑里扔一只椰子，并不覆土，那椰子上长出一条细长的绿芽，下部伸出几条白色的幼根，扎进土壤里。这样栽种椰子，真是太容易了。主人大约在椰子成林以后，就要铲除芭蕉了，芭蕉园就会更替为一个新生的椰子园了。

芭蕉园旁边的割过稻子的田地上，搭着一排窝棚，用稻草胡乱搭着，低矮窄小，人需爬着钻进去，里面扔着被单，门口用石头支着铝锅。我们猜测，这大约是她家收割时雇下的帮工居住的地方，也不知怎么睡觉，蚊子是相当密集的、厉害的。

那位在路边洗衣服的姑娘，就是她的女儿，端着脸盆儿回来了，羞怯怯地远远站着。她受了母亲的指使，到芭蕉园里摘来一筛子芭蕉，请客人解渴，仍然怯怯地害羞，只腼腆地笑笑，不说话，使人很自然联想到中国偏远山区的那些少见世面的姑娘，真是太像了。

我们又走进另一家农户。我们走进这家农户的场院时，正有一台满载着稻穗的拖拉机开进来，停在院里。开车的小伙子跳下来，笑着招呼客人。问他这台拖拉机是哪儿生产的，他说是泰国货。我一看，是"泰山牌"，"中国山东省制造"。经点明，他笑了，说他不认识汉字，而泰国的好多商品都有汉字标注，华人较多的原因。

他告诉我们，这台拖拉机属中型，25马力，可以搞运输，亦可带上铧犁耕翻田地，性能很好，买回家来没出大毛病。他们村子里30户人家，先后购回20台"泰山"。一位老人和三四个壮汉姗姗走回院子。老人是家长，精瘦，他向我们介绍说，那几位壮汉，是他的近门兄弟，前来帮他收割的。他们一个个晒得黧黑，手里攥着一柄弯月形的短柄铁镰刀，刀刃上有一排细小的锯齿样的钢牙，赤着脚，裸着臂膀，露出紫铜似的肌肉。那位开拖拉机的小伙儿是他的长子，瘦条条的，和善而漂亮，已经娶妻生子。二儿子不在家，已经订婚了。女儿在家帮忙，尚未出嫁。那位远远地坐在地上歇息的老婆，是他的老伴儿，大约太累了，坐在那里，歪着脑袋，镰刀扔在一边。

他家耕种着80菜地，收获两次，一料豆类，一料水稻。屋院很大，约有一菜地面积，盖起三幢房屋。南边一座是木顶木墙的传统式木屋，住着他和老伴儿以及儿女。北边已盖起一座两层水泥阁楼，外观十分漂亮，墙壁涂成绿色，十分秀气，那儿居住着长子和长子的妻子。中间仍是一幢木屋，作为储藏室，保存谷物和农具，凌空而搭的地板下，拴着两头狼似的黑猪。

老头儿瞅着那幢漂亮的阁楼，向我算了账，说修盖这一幢房子，大约花去了六七万泰铢。因为用了原有的一些旧料，所以省一些，如果全部购置新料，需得十万泰铢。他家除种植稻菽之外，也有一个环绕屋院的果林，产椰子、芭蕉等。另有两个不小的鱼塘，蓄养淡水鱼。这个老人似乎生活得比较自信，没有哭穷。

他的独生女儿领着我们参观旧屋和新楼，长得细高条儿，穿着紧身的衣服和窄脚裤，已不像在前一家见过的那位羞怯的姑娘。她很大方，向客人主动介绍家庭情况。我却从她眼里看到一缕忧郁的神色。她说，她在城里读过书，中等专业学校毕业了，却找不下工作，在城里最近一次招工中，考试落榜，未被录用，所以就在家里和父兄种地，以待机会。她还是想到城里去谋职，不想待在乡村，所以婚事也拖下来了。她已经25岁，在泰国农村算是稀有的大龄姑娘了。泰国风俗有忌，不许问女人的年龄，这位姑娘是自己告诉我们的，大约心里很孤寂。有了一些知识，经见了城市生活，就不能安于在土地里劳作而向往城市生活，这也许是许多发展中国家的乡村青年的共性。我有一个多余的祝愿潜上心头：愿她尽早在城里谋到一份工作，如愿以偿，褪去眼眉中那一缕忧郁的神色。

除夕之夜，北榄坡城

泰国的节日不少。圣诞节、元旦、春节，都要过一过的，不过色彩平淡。泰国最热烈的是民族传统的泼水节。

整个城市的除夕的气氛是平淡的，而一家咖啡厅的气氛却是热烈的。我们被邀去这个咖啡厅欣赏音乐歌舞，欢度除夕，真是别具一格。进入大厅时，翻译孙家驹碰见了这家咖啡厅的经理，这位经理在访问北京时，他给他当过翻译，熟人老友了，他一下子认出了孙翻译。因为这个关系，经理一直陪我们坐在台子右侧的坐席上，吩咐侍者送来咖啡等饮料。

我们刚坐定，台下响起一片欢迎掌声。经翻译告诉说，舞台上的司仪向台下的人宣布说：热烈欢迎平开女士率领的中国作家代表团和大家一起欢度除夕。台下的坐席上，男男女女，外国人和泰国本地人，掺和着坐在一起，欢度除夕之夜。

舞台上，一个个男女歌星在轮换唱着流行歌曲，一人唱歌，其他演员不用下台，就站在两边陪伴，扭着迪斯科舞步。台下的舞池里，一对对舞伴，和着乐曲，翩翩起舞。跳得累了，就坐下喝饮料，有兴致时，再上去跳。

和我坐在一起的一位华人男子告诉我，他在北榄坡做生意，兼做曼谷一家报纸驻北榄坡的记者。他回北京观光过。他问我对泰国咖啡馆、音乐厅和舞厅的这种生活有何感想？

我说这也是一种生活,他直率地说:正经生意人是不逛这些地方的。他自己极少到这儿来消磨。

我记起晚饭时认识的另一位华人,他告诉我,他每年要回国两次,最近一次是八月。他跑遍了中国东西南北四方的许多地方,寻访古迹。他是一位建筑师,经营建筑业务,对中国的古文明兴趣浓厚。他说他的工余生活是研究古物,也不大去这些如夜总会一类场所去消磨。我们正聊着,伴奏声戛然而止,大厅里一阵哗声,舞池里的人突然站定,一步不挪。这时司仪宣布,抽签开始,由一位女郎抽出一支签,宣布号数。舞男舞女们争相看自己脚下所踩定的号码。中奖者高高兴兴跑上台,领得一块衣料或一件精美的器具。这种活动不断重复,使舞池里欢声不断。是的,在除夕之夜,能得一份彩奖,于心里是一种吉祥的感受。

新年钟声敲响的时候,晚会的气氛达到高潮,乐队奏起泰国民间舞曲,坐在台下的各国游客,一齐被邀请进舞池,扭起优美文雅的泰族舞来。

去年除夕,我坐在收音机旁,静静地等待着中央人民广播电台的新年钟声,心里宁静而又安详。今年除夕,我在北榄坡的咖啡厅里,看着华人、泰人、白人、黑人,拥进一个小小的舞池,在一个曲谱里起舞,颇为动情……

1986年1月1日

波特亚

在泰国老艺术家素越先生家做客。第一眼看见素越先生，我就愣住了，他太像中国作家魏钢焰了。刚坐下，郑万隆悄悄对我说，你看，素越先生像不像你们的魏钢焰？我们俩都有同感，确实太像了。

素越先生60多岁，红红的脸膛，一头短短的银白的头发，眼睛极富神采，似乎有点高傲，蔑视他觉得应该蔑视的东西；当他笑起来，却又透出一股豪爽之气，一种高屋建瓴般的气魄；当他和我们追述友谊的时候，却透出发自肺腑的真挚之情，那眼神就显得愈加动人，愈加优美，愈加灼热，比那些爱笑的人笑起来更富于魅力。

素越先生在海滨城市波特亚设家宴招待中国作家代表团，宴席设在二楼一个十分宽敞的楼台上，楼下是一个花园式的餐厅。地上是绿茸茸的草皮。院中植栽着各种奇花异树。小径曲曲直直，把绿色的草皮分割成一块块漂亮的图案。靠墙一角，饲养着珍禽异兽。一座喷泉，喷珠吐玉，在霓虹灯光里呈现出斑斓的色彩。在草地上，散置着百余张桌椅，各方游客姗姗走来，款款落座，用餐饮酒，舒适清爽，怡心悦目。这座饭店是素越先生的干女儿经营的，她很自豪地对我们说，这座饭店的设计构思是她一手完成的，她喜欢树，所以植了许多奇树。她的丈夫也经营着一座饭店，在山上一个旅游胜地，那是按他的喜好设计的。

泰国作协主席通贝先生特地从曼谷赶来，参加素越先生的家宴。从曼谷到波特亚，汽车大约要跑两三个钟点，通贝先生不辞辛苦，全是对素越先生的一片敬意。素越先生在泰国文学艺术界，是一位德高望重的老艺术家。

通贝先生对素越先生作了介绍，令人感动不已，素越先生早在1957年冒死访问中国，成为第一个撞开铁壁的友谊使者。素越先生对我们如叙家常，追怀起近30年前的往事——50年代，泰国政府追随美国，对友好邻邦——新兴的中国——采取敌视政策，反共防共搞得风声鹤唳。素越先生当时为曼谷歌舞团团长，对那些把中国共产党描绘成红脸黑脸魔鬼的简单而又可笑的宣传不屑一顾，他要友谊。

1957年，他率领泰国国家艺术团到香港演出，飞机却从香港直接飞到北京。到达北京机场后，有几个团员当场吓得哭了起来。他对所有团员保密，一人独自决策，终于撞开了那道壁垒森严的界墙，把泰国人民的友谊带进新生的中华大地。

素越先生和他率领的泰国艺术团，受到我国政府和人民的热情友好的接待。他和他的团员们，以富于浓郁的泰族特色的表演，走遍大江南北，到处受到热情友好的欢迎。在中华大地上，整整访问演出三个月，领受了我国人民的深情厚谊，他的团员理解他的冒险举动了。

素越先生和他率领的艺术团回国了。飞机在曼谷机场着陆，等待他们的是警察和镣铐，全团60多位男女艺术家，全部被拘捕了。

审讯进行了三个月，60多位团员全部获释，唯有素越先生被判处五年徒刑。回忆至此，素越先生自豪地说："三个月的拘审期间，我的团员，没有一个背叛我。我在牢狱的几年时间里，也没有背叛一个团员。"

这真是令人自豪的。那不仅仅是一种义气、一种信任，而是一种深刻的理解。人在明白了什么之后，也就有捍卫自己明白了的东西的勇气了。当然，还有一个品质问题。

素越先生整整坐了四年监牢，国王亲自给他实行赦免，减刑一年，提前释放了。国王接见他，赐给他一个艺术金奖，又给了他的夫人一个大奖，算是一种安抚吧。

18年后，1975年7月1日，中泰建立邦交。素越先生已经几次访问中国,真是感慨万千!18年前视为头等严重的问题,现在失去了任何意义。但是,素越先生的远见和卓识,他的那一颗充满友情的心,他的那种果敢无畏得近似冒险的精神,却不会被人民忘怀,泰国人民不会忘怀,中国人民也不会忘怀,时日愈久,愈加珍贵。

素越先生提议:"让我的夫人唱一曲《黄水谣》吧!她跟我访问中国时,就唱这首歌儿,回来同我一起被拘捕。"他的夫人已到中年,笑着站起,点头鞠躬之后,唱了起来:

黄水奔流向东方

河流万里长……

歌声低沉,悠婉,把我带到了故乡的黄河岸边,那滚滚翻涌的壮流,一泻千里;那排山倒海的力量,掀起一堆堆排空的浊浪。在这动人的歌声里,我感到了一种被理解的真诚。

素越先生说起了笑话,把历史的记忆挥斥抛远了。他听说我是西安人,立即搭上话,说他去年带着干女儿访问中国,曾到西安,参观秦始皇兵马俑时,拍了几张照片,想不到给秦俑馆的工作人员拿出,曝光了!

我多少觉得有点遗憾,秦俑馆的纪律是不许外国人拍照,素越先生也被处罚了。我说:"那儿的工作人员,要是了解你,就不会……欢迎你再去参观,一定补偿。"素越的干女儿笑着,说她太喜欢那些照片了。她是这家饭店的老板,又是一位艺术素质很好的女士。她还想着那些被曝光的照片。

波特亚海滨风光旖旎。水是绿色的,绿得像翡翠,一阵一阵朝岸边涌过来,拍击着沙滩。这儿是一个理想的浴场,吸引着各方游人,到这里来洗海水浴、游泳、晒太阳。白种人、黄种人、印度人、西亚人,全都汇集到傍晚的沙滩上来了。女人们只戴一只小乳罩和穿一件窄小的泳裤,除了不能暴露的极小部分以外,能裸露的全都裸露了。人需要用服装来扮饰美,又需要彻底撕掉服装表现自然美,真是矛盾的统一。

从沙滩走上岸,就进入波特亚城的一条主干街道了,统共不过十米,真是太方便了。从沙滩里上来,不过十米,就挨着咖啡馆的高脚圆凳了;从咖啡馆出来,不过十米,就可以跑进海水畅游一番,真是舒适方便极了。

一条街道,不宽也不窄,两边是一座连一座的咖啡馆、音乐厅、舞场。其实,咖啡馆里可以听音乐,也可以跳舞,而舞场里也可以喝到各种饮料的。少数服装铺店或食品店夹在其中,多得数也数不清的是招徕外国游客的咖啡馆。咖啡馆有一排长长的柜台,里面侍候着一位位女郎,游客们坐在柜台外的高脚凳上，一边喝饮料，一边与自己选中的女郎闲聊，到了谈得可意时，就进入里头的房间。

波特亚是一座"无烟工业"城市，卖淫是公开的、赤裸裸的、毫不掩饰的行业。从街道上走过去，一家连一家的咖啡馆里，那些白皮肤的男人围满了柜台，和泰国女郎调笑。一家夜总会门前，外国白人男子勾搂着泰国女郎在调情。整个街道上，人群水泄不通，拥挤不堪，一个个白人男子挎搂着一个个泰国女郎招摇过市。那满胸黑毛大腹便便的六七十岁的白人老头儿，搂一个瘦小的不过十七八岁的泰国女孩洋洋得意地挤来挤去……

有朋友问我："感觉如何？"

我说："我感到了作为亚洲人的耻辱！"

我的心情很不好。我感到胸部压抑得喘不过气来。光怪陆离的丑行使我的神经承受不了这种强烈的刺激。人的尊严、人的价值、人的属性，所有我过去形成的关于人的命题的观念，在这儿全都翻了个过儿，变得一钱不值了。我感到震惊。我感到愤怒。这儿是兽性绝对超过人性。这儿是西方（也有东方）人挥霍金钱以排泄秽物的场所。经济落后的亚洲人啊！我第一次强烈地意识到了人类的堕落，穷人堕落，富人也堕落！

我几乎蔑视所有到这条街上来晃荡的白种人，连瞧一眼也不屑。我几乎连看一眼那些被搂着的泰国女郎嘻嘻笑着的脸的勇气也没有。

许是感受皆同，我们只蹓了一段街道，就无心绪再走下去，离开了这条街道。

据说，波特亚在50年代，还是一个荒凉的渔村。60年代初，美国出兵越南，波特亚是休假的美国士兵登陆的地方。于是，荒凉的渔村被美国兵冲乱了，急骤发展起来一个以卖淫为主的畸形城市。越战结束了，这个畸形的波特亚却保存下来，成为吸引各地嫖客的一个纵欲排秽之地。

据说，这样的城市在泰国仅此一地。这样赤裸裸的公开而又集中的卖淫行当，泰国只允许在波特亚存在。我们戏称它是泰国的"特区"。

据说，卖淫之所以久盛不衰，原因有二，解决了一些穷人就业的问题，又是一项极可观的外汇收入。卖淫女子里，一部分是为生活所窘，一部分是为了轻松挣钱……

波特亚还有一绝：人妖。我们去波特亚一家歌舞剧院看演出。去看演出之前，我已听说，那些登台的女演员中，有一些实际是男人。我并不太惊奇，男扮女装的演出，我在很小的时候就在地方戏里看过了。不过，在演出过程中，我还是不由得暗暗观察，企图判别出那几个男扮女装的人来。

演出的节目颇多彩多姿，土的为少，洋的居多，迪斯科乐曲坐庄。一个短小的哑剧，内容大约是人类在原始状态时期的性恋和交媾。令人惊异的是，一位女原始人从台上走下来，到座厢里拉住一个白人小伙子要亲吻，而且把他拉上台去，参与演出，结局是生下一个现代白种小孩来。

一个女声独唱。女演员长得漂亮，袅袅娜娜，摇曳多姿，目光流盼，羞羞怯怯，乳房高突，细腰丰臀，滑肩细肤，真乃一位佳人也。她唱到舞台左边，左边台下一片骚动；她唱到右边舞台，右边台下一阵阵起哄捧场。她唱得优雅、含蓄。可是，这是一个男人。尽管看不见喉结，看不见雄性的一切特征，这实质是个男人。

又一个节目是一群装扮成各种可憎面目的魔鬼，龇牙咧嘴，牛头马面，令人恐怖。他们同聚一台，在强烈疾骤的迪斯科舞曲里扭起来，节奏和旋律都给人一种暴风骤雨的强烈感受，只是不知其寓意为何？真可谓群魔乱舞，有几个魔鬼又从台上下到座厅里，拉人接吻，被拉者吓得躲避不及。

如此这般的演出继续下去，直到结束，我也没有从那一群女演员中辨别出几个有男性特征的人来。我被告知：所有今晚登台的那些女演员，不管曲线多么柔和，歌喉多么婉转，全部都是男性。这就是"人妖"。

他们是自愿做了手术,割除了男性的生殖器官,再注入一种雌性激素,男性的特征便消失了,胡须没有了,喉结隐匿了,粗声变为细嗓门了,女性的特征表现出来了,就是台上的那种从外形上完全无异于青春女郎的样子。

演出结束后,观众退出到大街上。那些人妖结伙跟到大街上,与一切对他们有兴趣的人伴陪照相,立照立取,一张相收三四十个泰铢。他们甚至追着观众,拉人家照相以赚钱。要与他们照相的人确不少,这些人妖便走向世界。

泰国朋友安排我们看这场演出,是让我们了解这个国家的各个方面,不无好处。"人妖"表演在泰国,也是仅此一家。

说不清这些"人妖"把自己男性变异为女性心理究竟是什么,如果有机会询问一下,对于我们了解这个社会的奇怪现象,不会无用的,可惜没有机会和时间了。

令人惊诧不已的波特亚!

1月2日
曼谷

我们去出席泰国华人作家协会举办的欢迎宴会。宴会在一家华人开办的甚为豪华的饭店举行。主人是华人，客人也是华人，血管里流的都是一个种族的血，同是生活在一块土地上的炎黄子孙，从肤色上很难把主人和客人区分开来。说话省去了翻译，直接对话，直接交流，气氛自然就亲切了、活跃了。他们中的大多数人已在近年间一次或多次回国观光访问，对祖国并不陌生，对祖国近年间的发展变化十分理解，交谈的范围就很广泛了。

生活在泰国的华人大约在300万人数。这些华人有三大支，一是广东潮州人，占绝大多数；一是福建祖籍，较潮州人少；另一支称"客家人"，是在中国长期的封建统治时期，从湖北、河南逐渐迁到云南、广东的一个少数民族，后来又迁徙到泰国。华人迁居泰国的历史，可以追溯到中世纪。到20世纪初，中国的华人大量来到泰国，受雇于采矿、橡胶等行业，及至二次世界大战前，每年大约都有三四万华人进入泰国，定居下来。现在，华人集中于泰国的各大城市和城镇，各行各业均有，多为经商，纯粹的农业家庭的华人甚至没有了。泰国朋友笑说，华人在泰国，现在都是有钱人了，会经营。

据华人朋友说，泰国对待华人的政策，在东南亚诸国中是最宽大的，华人和泰人可以通婚，有华人血统的人数字相当可观。凡是出生于泰国的任何种族的人都必须入泰籍，而不能保留侨民的身份。这样，凡出生于泰国的华人的后代，就算做泰国人了。

众多的泰国华人之中，活跃着一大批汉文创作的作家和艺术家。我的身旁坐着许静华女士，她是《中华日报》的编辑，负责编辑《华团》《文学》《妇女》《学生》四大专栏。编辑工作之余，她搞文学创作，以年腊梅的笔名发表小说。她在前几日送我一本短篇小说集，名曰《花街》。我读了其中几篇小说，多是写社会中下层人民的生活内容，穷人的艰难，佃农的血泪。其中《我爱这土地》一篇，尤其感人至深。内容大致是写一位佃农妇女，租种了一位土地占有者的土地，芭蕉园刚刚培植起来，那位土地主人以更高的价值出卖给一位城里的企业家，这个刚刚挂果的可爱的果园在企业家的机器声中被捣毁了。作品人物感情真挚，所歌所唾的几个人物形象逼真，可以看出许静华女士深刻的艺术再现能力。

许静华女士谈起她的身世，令我感佩。她出身于贫民，来自社会底层，少年时期遭历生活的万般艰辛，以至辍学，失去求学的机会。然而她不甘于就此沉没，发奋自学，终于求得一个小学教员的职业。她不满足，继续攻坚，而终于能够操笔，进行自己所喜欢的新闻和创作工作，从底层社会中站立起来。她的作品的内容里对社会下层劳动者所饱藏的深切同情和爱意，大约也是存在决定意识的一个例证。

她是一位女强人，一位敢于向自己的命运挑战而且战胜了命运之神的人。我崇敬那些经过自己艰苦卓绝的奋斗而不是依靠某种"关系"达到理想圣地并对社会做出了有益的业绩的人。他们以自己的人生历程，向社会证明了，人的命运之神正是人们自己；他们以自己的充满痛苦也充满欢悦的奋斗经历，向人类显示出来一种极为可贵的精神。这种精神——奋斗精神，是人类一切优秀种族所共有的。

许静华女士脸色憔悴，衰老的程度与她的实际年岁相去甚远，使人想到一支猛烈燃烧过的蜡烛，然而她毕竟燃出过火焰，发出了光亮，照亮了自己，也照亮了别人，还在顽强地燃烧着。

岭南人是一位诗人，祖籍广东。我让他一支巴山雪茄，他再三端详着那包裹着烟支的玻璃纸，抽一口，以为质地不错。他感叹着，说他回到家乡的时候，带回去一些泰国烟卷，送给晚辈后生，他们竟然因为不是外国货（主要是英美，如"555"名牌货）而情绪不悦，使他伤心。他说不是他小气，而是对国内老家的后生们那种崇拜洋货的心理趋势不安。

何韵女士一口极好的普通话，人又谦和，娓娓谈来，使我一时无法把她与一个名记者的身份联系起来。她作为《新中原报》的记者,曾经随克立总理1975年访问中国,采访报道了中泰建交的重要新闻。她的文章我已读过,文笔流畅,意蕴深刻,具有独立见地。她写的《泰国的基辛格》,可以说是一篇精彩的人物特写,记下了中泰建交的详细经过,也写出了许敦茂先生对中泰友谊的卓越建树。她写的一组《访问中国剪影》,以她敏锐的观察,写出了我们司空见惯的一些不正常的社会惰性和失之平衡的社会心理。她不是像一般洋大人那样横加指责与嘲笑,而是于字里行间渗透着切肤之疼的。

泰国的作家,有三种组织形式,一是泰国作家协会,一为泰国作家合作社,一为泰国华人作家协会。前两个作家团体之间,似乎联系不多,各自活动,这两个团体都派作家访问过我国。华人作家协会正在筹备,已向有关部门报批,华人作家协会将以一个独立的社会团体存在于泰国文坛。

华人作家最主要的苦恼是,在泰国,汉语的阅读范围太小了。出一本书,不过二三千册,销量太小。许多华人的后代,已经不会讲汉语识汉字。泰国通行英语。这使华人作家常常为后事担心。

1月3日

曼谷

有关文学创作的专题座谈会,在泰国国家图书馆会议室举行。开会之前,主人邀请我们参观了这座图书馆。

国家图书馆的规模之大是可以想见的。从一间一间堆满书架的屋子走过去,真是走马观花,可以看到泰国以及世界许多国家的图书很好地保存着。

我看见了挂着"中国"牌子的书架,便急步走过去,想看看这儿藏着多少中国版图书,都有些什么珍本。遗憾!我的陡然涨起的兴趣倏忽间又降落了,有一种遗憾或者说失望的心绪。偌大的国家图书馆,不过堆放着一些老旧的中国的历史、地理、气候之类的书籍以及介绍风土掌故的小册子。文学作品类,有《三国演义》《水浒》《西游记》。当代中国文学作品,有巴金的《家》。别的就很难看到了。难怪中国当代文坛极其活跃的作家在泰国鲜为人知,没有书籍的交流,自然就很难有了解了。

泰国作家们比较关注中国文坛的创作自由问题。座谈会一开始,这个问题就被提出来了。

这个问题之所以被泰国作家所关注,与香港报界的某篇关于刘宾雁的访问记的文章有关系，泰国与香港的信息很灵便。以前，中国作协四次代表大会提出的"创作自由"，其影响远远超越了中国本土上的作家，"黄金时代到来"之说也影响到外域。香港报纸的那篇文章，正是在这种广泛影响之中激起较大反响的，造成了另外的一种相反的影响。

解释我们的"双百"政策其实不难。向海外一切关注中国文学发展的朋友说明实际情况也是我们的责任。无论如何，其影响确实是被夸大了，刘宾雁还不至于搁笔。

中国文坛上正兴起文学的"寻根"热潮，文学的现代化与民族文化的继承之间的关系，被我们代表团的作家提出来，座谈会上形成了一个热门话题。

泰国朋友介绍说，现代文学怎样继承民族文化传统的问题，在泰国文学界也是一个很突出的重大课题。20世纪20、30年代，泰国文学界开始出现现代小说，多是仿西方（法国为主）作品而作。泰国800年的历史上，在封建帝制时期，有精美的诗歌，有史诗《拉玛坚》，有优美的故事集，然而没有正正经经的小说创作。小说是随着资产阶级民主革命的风潮于20世纪初出现的，应该说是一次文学的引进与革新，西方文学的影响对泰国现代文学是决定性的。因此，继续泰族独特的文化形态就是一个很突出的问题了。

比较趋于一致的看法是，泰国文学应该具有泰族的文化素质，这种素质所显示的特点，就区别于世界上任何地区的任何民族。然而，文坛上的流派多种多样，西方各种文学流派的影响都有司效者，并不是一下子能统一的。

这种状况，与中国文坛的现状不无相似之处。

1月4日
曼谷—广州

波音767航机。机翼下，热带丛林、绿色的原野、蓝色的湄南河，渐渐模糊了。一团团白云，云的波峰、云的波谷、云的浪涛。云像层层叠叠的群山，云像无边无际的森林，云像奔马，云像卧牛，云像苍鹰，云像虎豹，自然界的一切生物，都能在这茫茫的云海里找到毕肖生动的造型。

飞机越过泰国、缅甸和中国的云贵大山，这连结着中、缅、泰三国的莽莽大山啊！

我坐在机舱里，无法入睡。半月来有点急如星火地奔赶路程，不留间隙，从暹罗湾到中部，到西北部到南部海滨，真是够累了。虽然身体感到疲倦，精神却不疲倦，人的身体竟有这种奇妙的矛盾现象。

我靠在座椅上，眼前映现着一幅幅杂乱无序的图画：金光闪闪的尖塔，坐的卧的和飘然仙去的佛像。身披黄色袈裟神情庄重的和尚，美丽的湄南河，一张张谦和的笑脸……在机场里分手时，那噙着泪花的眼睛……

我的精神处于一种亢奋状态，四肢却很疲倦。我无法把塞得满满的脑子里的"录像"有顺序地剪接起来，更无法一下子透彻地理解我所感知的东西。

我从北京出发时，曾经想：地球的那个角落里的居民，是以怎样的社会形态和生活形态生活着？在地球的这角落里，我生活了半个月，现在自己能回答自己最感兴趣的这个问题吗？半个月时间，太匆促了，我似乎现在才意识到，应该了解的东西，太少太肤浅了。然而我毕竟看到了这个角落里的点点滴滴。然而我毕竟看到了这个角落里的社会形态和居民的生活形态，皮毛表象也罢。然而我毕竟开阔了视野，看到了一些平生里没有看到过的东西，许多美好的和不可或缺的令人痛苦的东西。然而我毕竟感受到一种永难忘怀的珍贵的东西，这就是：友谊！